意地悪な母と姉に売られた私。何故か若頭に溺愛されてます 4

美月りん

富士見Ｌ文庫

contents

序章　父の言葉

夏の気配が少しずつ遠ざかり始めた九月の頃。

菊の文様が描かれた淡藤色の色留袖を纏った日鷹菫は、夫の桐也と並び、病院の渡り廊下を歩いていた。

向かうのは、一般患者のフロアから離れた場所にある特別室。患者のプライバシーを守ることを第一に考えて作られたこの病棟では、面会にやって来た他の客たちと出会うことはなく、あたりはしんとした静けさに包まれている。

長い廊下に響くのはふたりの足音だけで、その状況が一層、菫の緊張を煽った。目の端で見上げた桐也の横顔も、心なしか表情が硬いように感じる。

目的の病室に着くと、分厚い引き戸の傍らに屈強な体つきの男たちが立っていて、こちらに向かって一礼をした。

「ご無沙汰です、親父」

桐也はそう言って、戸を開けるなり深く頭を下げる。彼の一歩後ろに控えていた菫も、同じ角度で腰を折った。部屋のなかには、さっき入り口にいた男たちよりも更に体格のいい黒服がふたりいて、下げた頭にその視線を感じながら、思わず息をこらす。

しかし菫の耳に届いたのは、そんな物物しい空気を一変させてしまう穏やかな声であった。

「おう、ふたりともよく来たなぁ」

その声を合図に顔を上げた菫は、真っ白なベッドに半身を起こして微笑む老人を見て、また今回も、息を呑んでしまった。

（ああ、やっぱり、なんて気高く威厳に満ち溢れたひとなんだろう……）

様々な歴史が刻まれた深い皺のあいだから覗く、鋭い眼力。白髪の混じった灰色の髪は、しっかりと整えられていて、肩には仕立てのいい藍鼠色の羽織が掛けられている。

窓から差し込む光に照らされて微笑をたたえる姿は、どこか神々しさすら感じさせるほどで、菫は体の前で重ねた手を、思わずぎゅっと握り締めた。

彼の名は、獅月哲朗。獅月組の組長であり、かつては白月の獅子と呼ばれ、今もその存在を恐れられている最強の男である。

「ご無沙汰しております、組長さん」

と、菫はあらためて腰を折った。哲朗の顔を見るのは、数か月ぶりだ。桐也は毎月見舞いに訪れているのだが、それは界隈(かいわい)の状況を報告する目的を兼ねているということもあり、菫は同席していない。しかし今日は、哲朗のほうから菫に会いたいという話があり、こういう機会になった。

「菫さん、会えてうれしいよ。堅苦しい挨拶はいいから、座りなさい」

そう言って、哲朗は黒服たちに目で合図を送る。菫は部屋から出て行く彼らに一礼をしてから、備え付けの椅子に腰掛けた。

「お加減はどうですか？　親父」

桐也が尋ねると、哲朗は小さく笑いながら、「ぼちぼちな」とだけ言った。長く入院生活を送っている哲朗だが、肌艶はよく、背筋もしゃんとしている。元気そうな姿を見て安心した菫は、持っていた紙袋から包みを取り出した。

「いつものお店のどら焼きです」

そう言って差し出すと、哲朗はまるで無邪気な子どものように顔をほころばせる。

「ありがとうなぁ。やっぱりこの店のどら焼きが一番よ。酒をやめてから、どうにも甘いもんが美味(うま)くっていけねえ」

「一日一個ですよ、親父。先生からは、甘いものもほどほどにと聞いています」

「おまえはやっぱりクソ真面目だなぁ。菫さんと結婚して、少しは面白みのある男になったと思ったんだが」

「なっ、そ、それは関係ないでしょう、親父！」

哲朗にからかわれた桐也がいつになく動揺しているのが可笑しくて、菫もついつい笑い声を漏らしてしまった。

桐也は組長である哲朗のことを「親父」と呼んでいるが、それはこの世界の通例で、ふたりに血の繋がりはない。しかし、父親はなく母親にも捨てられ、たった十四歳でひとりぼっちになった桐也は、自身を可愛がって育ててくれた哲朗のことを、まるで本当の父のように慕っている。

（桐也さん、すごくうれしそう）

そのやりとりを見て、哲朗と桐也が師弟の関係を超えた強い絆で結ばれていることを感じた菫は、そっと微笑んだ。

極道の世界では、盃を交わすことで親子や兄弟となる。互いをその名で呼び合うことで、まるで本当の家族のように強い絆を結んでいくのだ。桐也だけではなく、獅月組の組員たちにも家族に恵まれなかった者は多く、その結びつきはとりわけ強固なものであった。

（血の繋がりなんて、関係ない――）

同じように家族の愛情を知らず、実の母と姉に虐げられて育った菫にとって、強くそう思えることは、救いと言っても過言ではない。

あらためて、そんな自分が桐也の妻になったこと、そして姐御として獅月組の一員になった運命の不思議さを噛み締める。

（私も、いつかお義父さんって呼んでみたいな）

ふと、そんなおこがましいことを考える。家父長制を重んじる極道社会において女性の立場は弱く、たとえ姐御といっても、菫には哲朗のことを「父」と呼ぶ権利はない。だから普段は「組長さん」と呼んでいるが、父の顔を知らず、その存在に憧れを抱いている菫は、愛する夫が父と慕う哲朗のことを、いつかそう呼んでみたいと密かに思っていた。

そんなことを考えていると、部屋の戸が開く音がして、ハッと我に返る。するとさっき退室した黒服のひとりが入ってきて、桐也に何かを耳打ちした。桐也の左目が僅かに動いたのを見て、何か重要な連絡なのだろうと、菫は察する。

「親父、少し失礼します」

哲朗は静かに頷き、桐也は一礼して、黒服のあとに続いた。残された菫は、小さく息を吸って姿勢を正す。哲朗とふたりきりになるのは、はじめてのことだ。

最初に会ったのは、桐也との結婚を報告に来たときで、そのときは気持ちの余裕などまるでなく、挨拶をするのがやっと。それから時おり見舞いのお供をする機会を経て、ようった。
やく世間話に相槌を打てる程度にはなったが、それも哲朗の気遣いによるところが大きか

（しっかりしないと！　でも、何を話せば――）

落ち着かなければと思えば思うほど焦って、つい、目が泳いでしまう。するとその心の内を察したように、哲朗が口を開いた。

「来てくれてありがとうな、菫さん。今日は、おまえさんに礼を言いたかったんだ」

「お礼……ですか？」

あらためて礼を伝えられるようなことをした覚えはなく、菫は小さく首を傾げる。

「ああ、聞いたよ。先の件、おまえさんは自ら志願して桐也に付いて行ってくれたそうじゃねえか。獅月組を護ってくれて、ありがとうな」

哲朗が言っているのが、この夏に起こったSLY FOXの一件だとわかり、菫は言葉を失った。

「そ、そんな……一線で戦ったのは、桐也さんや皆さんで、私は結局、何もできませんでしたから」

「あいつは心強かっただろうよ」

菫の言葉を打ち消すように、哲朗が強く言う。

「てめえの大事なもん護るために命を張らなきゃならねえこの世界で、おまえさんは一緒になって戦ってくれたんだ。共に戦い、互いを護る――言葉で言うのは簡単でも、実際できることじゃねえ。おまえさんと結婚をした桐也は幸せもんだよ」

「組長さん……！」

感激で胸が熱くなり、菫はぎゅっと唇を嚙み締める。そうでもしていないと、泣いてしまいそうであった。哲朗のまえで涙を流すわけにはいかないと、菫は深く頭を下げた。

「もったいないお言葉です。ありがとうございます」

堪え切れなかった雫が一粒、ぽたりと膝に落ちる。

ああ、このひとはなんて、慈愛に溢れたひとなのだろう。哲朗から見れば、自分などまだまだ未熟な小娘だ。それなのに、こんなにもあたたかい言葉を掛けてくれ、菫の心を励ましてくれた。

桐也の、そして獅月組の父である哲朗の、その懐の深さを身をもって感じた菫は、昂る感情を抑えることができずに肩を震わせた。

「菫さん」

静かに名前を呼ばれて、ようやく顔を上げる。強い意志の宿る双眸が、こちらをじっと見つめていた。

「これからも桐也のことを、よろしく頼むよ」

「はい」

迷わず返事をする。するとややあって、哲朗が言った。

「――あいつと、本当の家族になってやってくれ」

「っ……」

菫は小さく息を呑んだ。

その言葉を額面どおりに受け取るのであれば、それはさっきと同じように、すぐに頷くべき言葉だ。しかし菫は、何故か返事ができなかった。こちらに向けられた眼差しと、どこか切実さすら感じる語気に、ただならぬものを感じたからだ。

「あ、あの、それはどういう」

思わず尋ねようとすると、からりと戸が開いて、桐也が入ってきた。ハッとして、再び哲朗の顔を見る。するとその顔は、いつもの親分然とした表情に戻っていた。

「おう、片付いたか」

「はい、問題ありませんでした」

桐也は椅子に腰掛けると、ことの説明をした。

「わかった、その件はおまえに任せるよ。苦労ばかり掛けてすまねえな」

「いえ、これくらいなんでもありません。親父は気にせず、療養に専念してください」

「……そうだな。これからはおまえに、組を背負って貰わねばならん」

哲朗は低くそう言って、窓の外を見た。

「親父はいつもそれだ。そんなのは、まだ先のことですよ」

桐也の言葉に、哲朗は返事をしなかった。秋に向けて少し柔らかくなった日差しが、その精悍な横顔を照らしている。

菫はその姿を見つめながら、さっき哲朗に言われた言葉を思い出していた。

（本当の家族って、どういう意味なんだろう……）

桐也と菫は、結婚してすでに夫婦となっている。しかし哲朗は、そうした形だけのことを言っているのではないのだろう。しかし考えても答えは出ず、窓の外の景色に目を向ける。

そこには、少し切ない色をしたオレンジの空が広がっていた。

第一章　マサのヒーロー

「これでよしっと――さて、おいしくできますように」

離れにある自宅の台所に立った菫は、誰にともなくそう言ってオーブンの扉を閉めた。

オレンジの光に照らされたお菓子たちを見つめ、それを渡す相手ひとりひとりの顔を思い浮かべながら、菫はふっと小さく微笑む。

獅月組の屋敷では、午後から定例の会議が開かれていた。

組員たちからはシノギの報告や繁華街の様子などが伝えられ、桐也はそうした部下たちの相談ごとを聞きながら、すべてに採否を下していく。

SLY FOXとの一件は片付いたものの、この街を狙う新たな勢力の登場は、界隈をざわつかせていた。この騒ぎに乗じてシマの拡大を狙う組織が現れてもおかしくはなく、獅月組は予断を許さない状況が続いている。

そういうこともあって、現状報告や今後の戦略を練るために開かれるこの会議は、以前にもまして重要な時間となっていた。

（桐也さん、疲れていないかな……）

桐也は常に現場に赴きながら、会議では顧問役の立場も担っている。ひっきりなしに働いている桐也の体を思って、菫は少し心配になった。

愛する夫が組のために身を粉にして尽力している場面を目の前にしながら、直接的な手助けができないことは、少しもどかしい。しかし以前のように、そんな自分を不甲斐ないと嘆くことは、もうなかった。

（だって、私には私の役割があるのだから）

SLY FOXとの戦いで、桐也が身を置く熾烈な状況を目の当たりにした菫は、大きな衝撃を受けた。大げさでもなんでもなく、ここは常に命の危険と隣り合わせの世界なのだと思い知らされ、また、自分の甘さも痛感することになった。

その現実を自分の目で確かめ、この身を以て体感したことに、後悔はない。しかしそれは自己満足に過ぎず、本当に組のためになっていたのだろうかと、悩んだこともあった。

哲朗からあの言葉を掛けられたのは、そんな矢先のことだ。桐也と共に戦い、共に組を護ったことに対する礼を言われた菫は、思わず涙を流した。そして、自分もこの偉大なひとに報いたいと、強くそう思ったのだ。

（そのためにはまず、立派な姐御にならないと！）

姐御としてもっとも大切な仕事は、組員たちの世話焼きだ。定例会議のあとは、いつもこうして、手作りの甘いお菓子を差し入れしている。

（そうだ、お菓子が焼けるまでのあいだに夕飯の下ごしらえもしておこう）

待ち時間にそう思いついた菫は、まずは汁物を作るため、大根とにんじん、ごぼうに里芋、そして木綿豆腐とこんにゃくを取り出した。

トントンと包丁を動かしていると、窓の外の景色がふと視界に入る。みずみずしい緑色をしていた庭の木の葉が、いつの間にか少し色を変えていた。

ああ、暑い夏が終わったのだ――と、菫はそう思って、ふ、と口角を上げた。

移ろう季節のように、自分の心も日々変化している。そして菫は、その変わっていく自分のことが、嫌いではなかった。

（これもすべて、桐也さんのおかげ……）

愛する夫の顔を想い浮かべながら、切った材料を鍋で炒め、だし汁を投入する。あとは弱火で少し煮込んで、醤油と塩で味を調えれば、けんちん汁の完成だ。

菫はふうと息を吐き、まな板にひとつ残された大きなさつまいもに目を向ける。いつも世話になっている青果店『やのや』の店主「やの爺」にすすめられたもので、特別に甘い品種なのだそうだ。

「焼き芋にするのもいいけれど、おやつは用意しているし……あ、大学芋もいいな。そのほかに秋らしいメニューは……」

顎に手をあてて「うーん」としばらく悩んでいると、菫の頭にパッと素敵なアイデアが浮かんだ。

「お芋ごはん！」

思わず大きな声が出てしまう。季節のさつまいもを使った芋ごはんは、いかにも秋らしいメニューであるし、甘いもの好きの桐也なら、きっと喜んでくれるだろう。

ほくほくとした芋の甘みと、シンプルに塩だけで味付けをしたごはんとの甘じょっぱいハーモニーを思い浮かべて、菫の胸は早くも弾んでしまう。

芋ごはんは夕飯に向けて準備しておいて、あとはこれまたお馴染みの鮮魚店『うおはる』の店主「ケンさん」にすすめられた秋刀魚を塩焼きにすれば、今日の夕飯は完成だ。

そうこうしているうちに、だしの香りに負けるなといわんばかりに、部屋中が甘い香りに包まれる。オーブンを覗くと、オレンジに照らされた小麦色のマフィンがふっくらと焼き上がっていた。

「わぁ、おいしそう！」

大成功の見た目に、菫は満面の笑みを浮かべる。

時計を見ると、ちょうど午後三時。大食漢な彼らが、お腹を空かせている頃だろう。

「失礼いたします。おやつをお持ちしました」

会議が休憩に入るのを見計らって、菫は皆の集まる大広間へとやって来た。おやつと聞いて、組員たちは歓声――いや、雄叫びを上げる。桐也の片腕である舎弟のシンとゴウも、はちきれんばかりの笑顔で立ち上がった。

「やったぜ！　姐さんのおやつタイムだ！」

「ありがとうございます！　姐御！」

両膝に手を置き、ゴウが深く頭を下げる。シンは「手伝いやす！」と言って、菫が持っている銀のトレイを引き取った。

「ありがとうございます、シンさん」

トレイには山盛りのマフィンと紅茶の入ったティーポットが載っていて、菫は両手でしか持てなかったのだが、シンはそれをひょいと片手に、そしてもう片方の手で親指を立て、にっかりと笑う。

「これくらいなんでもねえっすよ！」

「助かります。今日のおやつは、バニラ味のマフィンですよ」

　菫がシンの体越しにそう言うと、大広間に再び雄叫びが響いた。

「おい、おまえら！　少しは落ち着け！」

　堪りかねた桐也の叱責が飛んできて、菫はくすりと笑いながら取り皿を配る。しかし空腹の組員たちは皿がくるのも待てないといった様子で、我先にとマフィンに手を伸ばした。

「ったく、おまえらは……」

　と、呆れた様子でこめかみを押さえている桐也の傍らに、菫はそっとマフィンを差し出す。

「どうぞ、桐也さん」

「ああ、悪いな」

「早くしないと、なくなってしまいますから」

　菫がそう言って小さく笑うと、桐也は決まり悪そうに「すまない」と言った。

「あいつらも、甘いもんに目がなくてな。おまえのおやつを、いつも楽しみにしてるんだ」

「うれしいです。こんなに喜んでいただけるなんて、作った甲斐があります」

「なんせ、菓子が手作りできるなんてことすら知らなかった連中だからな。それに、実際おまえの作った菓子はうまい」

「えっ……」

マフィンをぱくりと口に入れながら、桐也がさりげなく言った「うまい」という言葉に、菫は固まった。口下手な桐也であるが、最近は菫の手料理を食べたあと、すぐに感想を伝えてくれることは、珍しくなくなった。しかし、こうして組員たちのいる場で味を褒めてくれたのは、はじめてのことである。菫は感激のあまり、両手で口を覆って赤くなった。

「あ、ありがとうございます……！」

「!? おい、そんなことで赤くなるやつがあるか！」

「す、すみません！　うれしくて……」

「まったく、俺はただ味を褒めただけだぞ」

それが思わぬ反応になって、桐也は困惑したように頭を掻いている。すると、そんなふたりのやりとりを目ざとく見つけたシンとゴウがやって来た。

「相変わらず姐さんとラブラブっすねえ、兄貴！」

「いやあ、兄貴と姐御がそうして仲良くしているのを見ると、ほっとしますよ」

言われてふと気づけば、組員たちも皆こちらに注目している。そしてその目はまるで、もふもふとした癒しの動物でも見ているかのように細められていた。

いつの間にか大注目の的となっていた桐也は、さすがに声を大きくして言った。

「ジロジロ見るんじゃねえ！　嫁の作ったもんを褒めて何が悪いんだよ⁉」

下っ端の組員たちは慌てて目を逸らす。坊主頭のシンだけが、

「ひゃ！　よ、嫁……！」

と、桐也の発した言葉に何故かときめいていた。

（ど、どうして私と桐也さんが仲良くすると、みなさんが喜ぶんだろう……？）

うれしいけれど、どうにも照れくさくて——菫は思わず下を向こうとしたが、集まる視線のなかにとげとげしいものを感じて動きを止めた。

（あ……マサさん）

金髪頭に派手な柄シャツがトレードマーク、桐也の運転手を務める舎弟の馬場勝、通称マサが、おもしろくなさそうな顔でこちらをじっと見ている。

桐也を追って獅月組に入ったマサは、文字どおり弟分として、まるで本当の兄のように桐也を慕っている。いや、その想いはもはや崇拝といっていい。しかしそのおかげで、あとからやって来て桐也と結婚をした菫のことを、あまりよく思っていないのであった。

もちろん、表立って菫に敵意を見せることはない（そのたびに、桐也に叱られるからということもあるが）。それに、マサの誕生日パーティーでの一件や、SLY FOXの仮面舞踏会で任務を共にしたことで、彼の菫への関わり方は変わった。その感情は、少なくとも

「嫌いではない」くらいになったと思ったのだが――それは菫の勘違いだったのだろうか。

マサが自分のことをどう思おうと、それは彼の自由だ。菫とて、いくら桐也の妻になったからといって、無条件で組員たちから好かれようなどとは思っていない。

けれど――。

(桐也さんのことを一番に想ってくれているマサさんには、やっぱり認められたい)

そんなことを考えていると、マサが立ち上がりつかつかとこちらにやって来た。

「そんなことより兄貴！」

「な、なんだ!?」

赤くなった姿をマサにまで指摘されては堪らないというように、桐也が語気を強めて答える。

「俺、兄貴と一緒に遊園地に行きたいっす！」

「…………は？」

しかし桐也の冷ややかな反応など物ともせず、マサは続ける。

「ヒーローが来るんすよぉ！　今期激アツの戦隊ヒーロー『安全戦隊ゼッタイマモルンジャー』が、俺たちの街を守りにやって来るんす！」

そう言って差し出したスマホの画面には、近くの遊園地でヒーローショーが開催されるという案内が表示されていた。

「……だからどうした？」

「今までの戦隊ヒーローは、宇宙とか異世界とか、でっかい悪から地球を守るってのが鉄板だったんすけど、ゼッタイマモルンジャーは違うんす！　街に潜む悪から『この街と君』を守るっていう身近なヒーローなんすよ！　そのヒーローがこの街にやって来るなんて、これはもう見に行くしかないっす！」

ふんすと鼻息を荒くしながら、マサは早口で力説する。が、しかし……。

「いや、行かねえよ」

あっさり断られてしまった。

「!?　なんでっすかぁ〜？」

「普通に考えておかしいだろ。なんでおまえと俺のふたりで遊園地に行かなきゃなんねえんだよ」

「安全戦隊ゼッタイマモルンジャーっすよ!?」

「そもそもそれを知らねえし」

「ゼッタイマモルンジャーは全員警察官なんす！　そんで敵は街を脅かす暗黒マフィア」

「……なおさら行けねえよ」

なおも熱く語ったマサだが、にべもなく桐也に断られ、さすがにしょんぼりと肩を落とす。

「兄貴と……行きたかったのに……」

そんな彼を見て、なんだか気の毒になってしまった菫は、咄嗟(とっさ)にこう提案した。

「あ、あの！　もしよかったら、ここにいるみなさんで行くのはいかがでしょうか？　実は私、マサさんがお好きだと知ってからヒーローシリーズを見始めたんです。そうしたら、思いのほかハマってしまって。近くでヒーローショーが観(み)られるなら、ぜひ行ってみたいです」

いくらマサの頼みとはいえ、あの桐也が戦隊ヒーローのショーをふたりきりで観に行くとは思えない。しかし組員たちと一緒なのであれば、行く気になってくれるかもしれないと、菫としては助け船を出したつもりであったのだが――。

「べ、別におまえなんかと行きたくねえ！　俺は、兄貴と行きたいんだっ！」

顔を真っ赤にしたマサに、そう怒られてしまった。

「す、すみません！　そうですよね……」

よかれと思って余計なことを言ってしまったと、菫は自身の迂闊(うかつ)さを反省し、下を向く。

「おい、マサ！　なんだその言い方は」

　すると桐也の低い声が飛んできて、マサはびくりと肩を上げた。

「我儘もいい加減にしろ」

「っ……だ、だって！　だって兄貴が……」

「俺が、何だ？　言ってみろ」

　さっきはぴしゃりと言った桐也だが、今度は子どもに話しかけるようなゆっくりとした口調で問いかける。しかしマサは黙り込んだままだ。しばらくして、その肩が小さく震え始める。

「……兄貴……の……」

「？」

「兄貴の……バ……い、意地悪ヤロー！」

「⁉」

　そしてすっくと立ち上がると、そのまま部屋を飛び出してしまった。

「マサさん！」

　菫はすぐに追いかけようとしたが、桐也に制される。

「放っておけ。しばらく頭を冷やしたほうがいい」

「でも……」

マサが桐也に叱られてしまったのは、菫が余計なことを言ったせいだ。

（どうしよう、私のせいでマサさんが……）

菫が立ち上がったまま迷っていると、一連のやりとりを見ていたシンやゴウたちも、口々に桐也の意見に同意する。

「そうっすよ、姐さんが気にすることじゃねえっす！　あいつのワケわかんねえ行動はいつものことっすから！」

「だいたい姐御に失礼だ。さあ、気を取り直してお茶の続きをしやしょう」

「はい……」

菫は頷いたが、マサの様子がどうにも気になって、もう姿の見えなくなった廊下を、じっと見つめたのだった。

＊＊＊

「兄貴のバカヤロー！」

獅月組の屋敷から少し離れた場所にある公園で、しょんぼりしながらブランコに揺られていたマサは、さっき言えなかった言葉を腹から叫んだ。

大きく揺れていたブランコは次第にゆっくりになって、キィキィとまるで泣いているような音を立てる。

「地味女があんなこと言うからいけないんだ……」

別にマサは、ヒーローショーのことでへそを曲げたわけではない。

そんなのはかまってもらうためのきっかけで、桐也がヒーローショーに興味がないことなんて、はじめからわかっていた。だから、誘いを断られたって平気だったのだ。

それなのに、菫が「みんなで行こう」などと提案し、それだけでなくヒーローシリーズを観ているなどと白々しい嘘まで言い出したせいで、なんだかみじめな気持ちになった。

(悪いのは地味女なのに……)

ザザッと砂を蹴ってブランコを止めたマサは、両手の鎖をぎゅっと握り、地面を見つめた。

菫と結婚をして、マサの尊敬する桐也はすっかり変わってしまった。

朝昼晩と健康的な食事を取るようになったせいか肌艶がよくなり、しなやかな筋肉も更に美しさを増している。組員たちへの気遣いも細やかになって、そのカリスマ性は輝く一方だ。おまけに時おり見せる笑顔は、男でも見惚れるほどかっこよくて――。

「って、いいことばっかかじゃねえかよッ！」

マサは思わず自分にツッコミを入れる。

認めたくないけれど、菫と結婚をしてから確かに、桐也はいい方向へと変わった。

でもそれはマサの知らない、マサには決して見せたことのなかった姿で、だからどうしても、悔しい気持ちが勝ってしまう。

マサにとって桐也は、戦隊ヒーローのレッドそのもので、だからそんなレッドが、仲間の前でピンク担当の菫とイチャイチャしているなんて、まったくの解釈違いなのだ。

「いや！　ピンク役だって渡さねえかんな！」

マサはハッとして立ち上がる。勢い余って大きく後ろに揺れたブランコが、戻って来てマサの脚に激突した。

「いてっ！　ちくしょう……」

なんだか泣きたい気分になって、マサはもう一度、ブランコに腰を降ろす。そして寂しく揺れながら、ぽつりと呟いた。

「だって、兄貴は……いつだってかっこいいヒーローじゃなきゃいけないのに……」

ふと思い出して、尻ポケットからスマホを取り出す。そこには古びた戦隊ヒーローのストラップがぶら下がっていた。

「カイセイレッド……」

あまり思い出したくない昔の記憶が、アニメーションのように蘇る。

ずっと、ひとりぼっちで生きてきた。

物心ついたときにはすでに母親の姿はなく、肉親は父親だけ。しかしその父親は、ろくに働きもせず毎日のように飲み歩いていた。

家にひとり残されたマサは、テレビだけが友達だった。なかでも夢中になったのが、戦隊ヒーローの『予報戦隊オテンキレンジャー』。

真っ赤なコスチュームに身を包んだリーダーのカイセイレッドは、マサの永遠の憧れだ。

『正義とヒーローはいつだって輝いてるぜ！』

暗い部屋でひとり震えているとき、空腹で泣きそうなとき、父親に理不尽な八つ当たりをされたとき——つらいときは決まって、カイセイレッドのその台詞を心のなかで唱える。

そうすると、強くなれるような気がした。

——ぼくもいつか、カイセイレッドみたいなヒーローになりたい！

小さなマサの、大きな夢。しかしそれは、儚い夢だった。

『マサはカイセイレッドになれないよ！』

ヒーローごっこに加わろうとした小学生のマサに、クラスメートのひとりがそう言った。

理由がわからず、驚いて言い返す。

『な、なんでだよう!?』

『だってチビだし。服もボロボロだもん』

マサはかっと赤くなり、自分の服を見た。もうずっと昔から着ている季節外れの服は、黒ずんで薄汚れている。痩せて小さな体は、日々の食事が少なく栄養が足らないせいで、しかしそんなこと、まだ幼いマサは知る由もない。

『そ、そんなの関係ないだろ!』

『あるよ! だってカイセイレッド、そんな服着てねえし! 体だってでっかくて、もっとかっこいいもん』

だからそう言われたら、返す言葉がなかった。

『チビでボロボロの服だし、マサは怪人な! や～い、怪人チビボロだぁ!』

それを聞いたほかのクラスメートたちも、げらげらと笑う。マサはいたたまれなくなって、その場から逃げ出した。

――どうして? ぼくはヒーローになれないの? 服がボロボロなのも、チビなのも、ぼくのせいじゃないのに……!

マサがそのとき知ったのは、自分の環境が「普通」ではないのだということ。

うことだった。

そしてもうひとつ、「普通」ではない自分が、ヒーローになんてなれるわけがないとい
　そのあとは、転がり落ちるように社会からドロップアウト。中学で不良になり、卒業後は進学も就職もせず、あっという間に十八歳になった。

　仕事も仲間もなく、ただ街をフラフラするだけの日々。どうしようもない自分の人生が、嫌で嫌で仕方がなかった。かと言ってどうすればいいのかもわからず、途方に暮れていた頃、地元の先輩から「飯でも食おう」と連絡があったのだ。

『い、行きます！』

　マサはスマホにすがりつく勢いで返事をした。その先輩は地元では有名なワルで、不良たちも一目置くほどの存在だ。そんな先輩から、声を掛けられるなんて。マサは久しぶりにうきうきした気分になって、約束の場所に出掛けた。

『おう、よく来たな！』

　首からタトゥーが覗く先輩が、マサを見て笑いながら手を挙げる。そして今まで食べたこともないような高い焼肉を、腹いっぱいになるまで奢ってくれた。肉はうまかったし、何よりも先輩が親しげに話してくれるのがうれしかった。

　それからも先輩は何度も食事に誘ってくれ、マサは有頂天だった。

『先輩！　今日もあざっした！　めちゃくちゃ楽しかったっす！』

そう言って頭を下げると、先輩は満足そうに頷いて言った。

『実は、おまえに頼みたい仕事があってよ』

『え？　し、仕事っすか』

『なに、簡単な仕事だ。この場所に行って、ババアから封筒を受け取るだけでいい』

と、住所の書かれたメモ用紙を差し出す。

『封筒……って？　何が入ってるんすか？』

『は？　金に決まってんだろ。とにかくその封筒を受け取って、そのあと俺に渡すんだ。な？　簡単だろ。もちろん、おまえにも分け前はやる』

『で、でも、それって……』

その先を言わせまいとするように、先輩が強くマサの肩を叩いた。

『期待してるぜ』

そして「マニュアル」だと言って、書類サイズの茶封筒を渡した。帰宅して中身を見ると、それは明らかな詐欺の手引きで、マサは「孫のヒロシが事故を起こした」という嘘で騙した老婆から、示談金を受け取るという役割だった。

（どうしよう……）

そんなこと、できるわけがない。でも、先輩を裏切ることもできなかった。

結局どうすることもできず、流されるように当日を迎えたマサは、与えられたスーツを着て目的の家にやって来た。門の前には人のよさそうな老婆が立っていて、マサの姿を見つけると一目散に駆け寄ってきた。

『このたびはご迷惑をおかけいたしました』

その今にも泣いてしまいそうな表情を見て、マサは息を呑む。目の前にいる老婆は、孫が事故を起こしたという嘘を信じ切っていて、その状況を心から心配しているのがわかった。

（俺は、このばあちゃんを騙すのか……？）

そう思うと、手が震えた。しかしもう、後には引けない。老婆の自宅は庭つきの豪邸で、少しくらいの金を騙し取ったくらいで困りはしないだろう。あとはその封筒を先輩に渡すだけで、大金が貰えるのだ。

それにうまくいけば、先輩の所属しているでっかいグループの仲間にも、入れてもらえるかもしれない。

（どうせ俺はもう「普通」になれないんだ――）

失う家族も、仲間も、何もない。

だから迷う必要などないと、震える手で老婆から分厚い封筒を受け取ったそのとき、マサの脳裏に声が響いた。

『正義とヒーローはいつだって輝いてるぜ！』

――カイセイレッド！

ハッと目が覚める。やっぱりこんなことはできないと、マサはそう思った。ヒーローにはなれなくても、目の前にいる善良そうな老婆を騙すことはしたくない。

――それが俺の正義だ！

『ばあちゃん、ごめん！ヒロシは事故なんて起こしていないから安心して！』

マサはそう言って老婆に封筒を突き返すと、その場から走り去った。仕事は失敗してしまったけれど、先輩なら許してくれるかもしれないと、淡い期待を抱きながら。

だって先輩は、マサのことを信頼のできる後輩だと言ってくれた。ラーメンや焼肉を奢ってくれて、友達だと言ってくれたのだから。

しかし、マサの考えは甘かった。

やさしくしてくれた先輩は豹変して、仲間と共に裏切ったマサを暴行した。薄れゆく意識のなかで、やはり自分はヒーローになんてなれないのだと、ぼんやり思う。

――違う、ヒーローなんてはじめからいなかったんだ。

自分の惨めな生い立ちを思い返して、マサは涙をひとつ零(こぼ)した。

体も心も、すごく痛い。

目の前が闇に覆われたように真っ暗になって、さっき流した涙が、きっと最期の涙になるのだろうと、そう思ったそのときだった。

『おい、てめえら何してやがる』

空気がびりりと震える低い声。

薄目を開けると、そこに本物のヒーローが立っていたのだ。


「あのときの兄貴、かっこよかったなぁ」

マサはそう呟いて、カイセイレッドのストラップを陽にかざす。

桐也は当時、獅月組のシマで詐欺行為をしている犯罪グループを追っていて、それであの場所に辿(たど)り着(つ)いたということだった。しかしマサにとって、理由はどうでもよかった。

桐也はたったひとりで、地元で最強と言われる先輩とその仲間たちを叩きのめし、マサを救ってくれた。そしてそれは、その場限りのことではない。

もしあの日桐也に救われなければ、マサは今でも、いや生涯、闇のなかにいただろう。

先輩が所属している「でっかいグループ」の正体はSLY FOXで、あのまま仲間になっていれば、桐也と敵対する未来だってあったかもしれない。

自分の運命は桐也によって、大きく変わったのだ。

傷だらけになったマサを抱き上げ、桐也が言った言葉を忘れない。

——ひとりでよく頑張ったな。

そして大きな手で、頭を撫でてくれた。そんなことは、父親にもされたことがなかった。

まるでずっとひとりぼっちだった自分に向けてその言葉を言われたようで、マサは緊張の糸が切れたようにわんわんと泣いた。

もしかしたら桐也も、いつか誰かにそんな言葉を言われたことがあったのだろうか。

そのときの桐也は、今思えば少し格好をつけているようで、だからもう、この台詞を彼の口から聞けることはないだろう。もしタイムマシンがあったら、そのときに戻って録音をしておきたい。いや、動画に撮って永久保存だ。

などと、そんな馬鹿げたことすら思ってしまうくらい、桐也のことが好きだ。

ヒーローに憧れていたマサが、桐也のあとを追いかけて獅月組に入ったのは、このひとのそばにいられるならば、「普通」を失っても構わないと、そう思ったから。

ヤクザだろうと関係ない。

マサにとって桐也は、たったひとりの特別なヒーローで、それなのに——。

桐也が菫と話しているときの、まるで陽だまりのようにやさしい眼差しを思い出して、マサの胸がまた、ちくりと痛む。

「だって……俺だけのヒーローだったんだ……」

もうすっかりボロボロになってしまったカイセイレッドを手に取り、親指で汚れを拭う。

こんな気持ちは、きっと誰にも理解されないだろう。そう思ったら、どうしてかまたひとりぼっちに戻ってしまうような気がして、マサはぶるりと体を震わせた。

いくら自分が認められなくても、菫は桐也が大切にしている妻だ。そんな相手にひどいことを言って、桐也から嫌われてしまうのではないかと、今さらながら怖くなったのだ。

「あ、兄貴に謝らないと……！」

このあとは、夜から桐也とふたりで繁華街の見回りに出掛けることになっている。

謝るならその時でいいのかもしれないが、一度心配になると、一刻も早く桐也の笑顔を見なければ、落ち着いていられなかった。

急いでスマホを尻ポケットに入れ、立ち上がる。

その拍子に、ストラップにぶら下げていたカイセイレッドがぽとりと落ちてしまったのだが、慌てていたマサは気づくことができなかった。

＊＊＊

「どうした？　浮かない顔をしているな」

おやつの時間が終わり、組員たちがそれぞれの持ち場に帰ったあとのこと。片付けをする菫の表情に異変を感じて、桐也は訊いた。

手を止めた菫は、少し迷ってから口を開く。

「……マサさんに、申し訳なくて」

「マサに？　どういうことだ？」

聞き返すと、菫は頷いて話を続けた。

「マサさんが怒ったのは、私が余計なことを言ったからです。そのせいで桐也さんに叱られて、きっと今ごろ悲しんでいるのではないかと――」

「考え過ぎだ。それに、あれはおまえのせいじゃない」

しかし菫は「いいえ」と首を振る。

「そもそも私が姐御として認められていれば、マサさんは私の言葉に、あんなにも腹を立てることはなかったはずです。いまだ認められてもいないのに、私のあの言葉は無神経でした」

　そう言って肩を落とす様子を見て、桐也は「ううん」と唸った。やはり菫の考え過ぎだと感じる。

　何故なら桐也の知る限り、マサはとっくに彼女のことを認めているのだから──。

（ただ、その態度を素直に出せないのがあいつなんだよなぁ……）

　それどころか、菫のよいところを知れば知るほど、意地になって認めようとしない。そんな、厄介で面倒くさい性格なのだ。

　しかしこのことを菫に伝えても、彼女はそれを桐也の慰めの言葉だと思って、きっと信用しないだろう。

（こいつはこいつで頑固だからな）

　そんなところも愛おしく感じて、桐也はふっと笑みを漏らす。

　とはいえ、この問題にはいつか向き合わねばならないと思っていたところで、桐也はすぐにその表情を引き締めた。

　妻の菫と舎弟のマサ、どちらも大切な存在だ。

　だからこそ、マサに認められたいという菫の願いを叶えてやりたいし、マサにはこのあたりで素直になってもらいたい。

それに何より、そんな大切なふたりが信頼関係で結ばれることは、桐也にとってもうれしいことだ。

しかしそうは思っていても、実際にどうしたらいいのかがわからなかった。

マサが菫に敵対心を持つ理由には、紛れもなく自分への屈折——いや、ある意味まっすぐすぎる愛情が絡んでいることは明らかで、しかし彼の生い立ちを知っているからこそ、深く立ち入ることができなかったのだ。

すると、まるでそんな桐也の気持ちを見透かしたように、菫が口を開いた。

「私、マサさんと一度話をしてみます。さっきのことを謝って、どうしたらマサさんに認めていただけるのか、ご本人に聞いてみるつもりです」

「菫……」

まっすぐにこちらを見つめるその瞳には、強い意志の光が宿っている。

「無理をしなくていいんだぞ」

しかし桐也は、ついそう言ってしまった。

いくら姐御の立場になったからと言って、すべての舎弟と信頼関係を築く必要はない。

それどころか菫に落ち度はなく、マサの反抗的な態度に対しては、腹を立てたっていいくらいなのだ。

いつだってひとのことばかり気遣っているやさしい妻は、自分の心の痛みに少し鈍感なところがあって、桐也はそれを心配していた。

しかし菫は、澄んだ瞳でにこりと微笑（ほほえ）む。

「――マサさんは、家族も同然ですから」

桐也は目を見開き、息を呑（の）んだ。

「マサさんは、桐也さんが弟のように可愛（かわい）がっている一番の子分さんです。だから私も、そんなマサさんに認められたい。それだけですよ」

そして、同じように桐也のことを兄と慕うマサであるからこそ、自分を見る目が厳しくなるのは仕方がないのだと、ケロッとした様子でそう言ったのだ。

桐也のことだけでなく、可愛がっている舎弟のことまでを家族同然に思い、その信頼を得るため健気（けなげ）に頑張る彼女の姿を見て、胸が詰まる。

「まったく、おまえは――」

気づけば溢（あふ）れ出る愛情のままに、桐也は菫を背後から抱き締めていた。

「と、桐也さん!?　どうしたんですか？　急に」

「――ありがとうな」

彼女のあたたかさを感じながら、耳元でそっと囁（ささや）く。

厄介で面倒くさい舎弟は、おそらく一筋縄ではいかないだろう。

しかし菫ならば、きっとマサの頑(かたく)なな心を溶かしてしまうに違いないと、桐也はそう思った。

＊＊＊

「兄貴！　兄貴ぃ〜！」

飛び込む勢いで屋敷(やしき)の戸を開けたマサは、玄関で叫んだ。

しかし当たり前に返事はなく、靴を放り投げるように脱ぐと、バタバタと廊下を走る。

まだ広間にいるかもしれないと、障子をスパンと開けたマサは、予想どおりそこに桐也の姿を見つけて、泣き笑いの顔になった。

「兄貴ッ！」

飼い主を見つけて尻尾を振る犬のごとく、腕を組んで座っている桐也にすがりつく。

「あ、兄貴！　さっきのこと――」

そして謝ろうと顔を上げた瞬間にようやく、その隣に菫がいることに気がついた。

「うげっ、まだ地味女といる！」

思わずそう口に出してしまい、桐也にギロリと睨まれる。しかし横にいる菫は、何故か表情を輝かせて言った。

「マサさん！　ちょうどよかったです！」

「えっ」

この笑顔は、いったいどういうことなのだろう。

さっき菫には、あんなひどいことを言ってしまって。だから次に顔を合わせたら、桐也に引き続き怒られても仕方がないと思っていたのに。

マサはハッとする。

(兄貴と一緒になって、俺のことを叱るつもりなんだ……！)

桐也と菫は残ってその相談をしていて、だからこの場にのこのこと現れた自分を見て「ちょうどよかった」と笑顔になったのだろう。

「マサ、菫からおまえに話があるそうだ」

桐也からもそう言われて、マサはいよいよ確信した。菫がこちらに向き直る。

「マサさん」

名前を呼ばれて観念したが、菫が口にしたのは思わぬ言葉だった。

「先ほどは申し訳ありませんでした！」

「……へ？」

マサは間の抜けた声を出してしまう。

「マサさんの気持ちも考えず、余計なことを言ってしまいました。桐也さんの一番弟子であるマサさんに、いまだ認められてもいないのに、出過ぎた真似をいたしました」

菫の言葉に、耳を疑う。大げさなくらいに下げられた頭を見て、はじめは嫌みを言っているのかとすら思ったが、そのまっすぐな目を見てハッとした。

「なん……で……」

──おまえが謝るんだよ。

マサはバツの悪さに思わず目をそらす。

誰がどう見たって、さっきの場で「悪者」なのはマサのほうだ。それなのに……。

「桐也さんの妻としてマサさんにも認めていただけるよう、これからも精進いたします。ですから、許していただけますか？」

そんなことを言われて、なんと返せばいいのだろう。

さっき菫に対して言った言葉の理由は、ただの嫉妬だ。マサの尊敬する桐也と、菫は毎日一緒に居られて、その仲をあんなふうに組員たちから祝福されて。

ヒーローショーだって、もしそれが菫の頼みであったら、桐也はすぐに頷いたはずだ。

そう思ったらうらやましくて、その言葉は彼女の親切だとわかっていたのに、腹が立ってしまった。

(謝らなきゃいけないのは、俺のほうなのに……)

しかしそんな気持ちをどう彼女に伝えればよいかわからず、うつむいてしまった、そのときだ。

ふいに尻ポケットのスマホが震えて、マサは「うわあっ」と飛び上がった。

スマホが振動する音と連動して、しんとした部屋に威勢のいい音楽が鳴り響く。

『安全戦隊ゼッタイマモルンジャー』のオープニング曲だ。ノリがよくて、マサの大好きな曲であるが、今はそんなことはどうでもいい。

慌てて着信音を止めようとしたマサだが、それよりもあることに気がついて、一瞬で血の気が引いた。

「え……ない」

スマホにぶら下がっているはずのカイセイレッドがいない。

「どうした？」

スマホを見つめたまま固まってしまったマサを見て、桐也が顔を覗き込む。動揺したマサは叫ぶように言った。

「俺の大切なカイセイレッドのストラップがないんす！」

「紐が切れている。どこかで落としたのか？」

「そ、そうみたいっす……どうしよう……あれは俺の宝物なのに……」

マサがそれを手に入れたのは、ひとりぼっちだった幼いころ。

気まぐれに渡される食事代の小銭を手に、「カイセイレッドが出ますように」と祈って回したカプセル自動販売機で、奇跡的に一発で自分のもとに来てくれた。

それからは悲しいときもつらいときも、ずっとそのカイセイレッドと一緒で、だから代わりなんてきかない、世界でたったひとつの宝物なのだ。

「カイセイ……レッド……？」

真っ白になってしまった頭に、菫の声が届いてハッとする。

（しまった！　笑われる……！）

たかがストラップを落としただけで、泣き出しそうなくらい取り乱してしまった姿を菫に見られて、今度こそ馬鹿にされるに違いないと思ったマサは、ぎゅっと目を閉じた。

「それって……」

「っ……」

「『予報戦隊オテンキレンジャー』ですよね？」

「えっ？」

しかし菫の口から発せられたのは、カイセイレッドが登場する番組の正式な名称で、マサは目を丸くする。

「し、知ってんのか……？」

「はい。戦隊ヒーローにハマってから、マサさんのつけているストラップのキャラクターが気になって、調べてみたんです。そうしたらちょうど動画配信サイトでオテンキレンジャーの特集をやっていて一気見してしまいました！」

「あ、あれを全部見たのか!?」

「はい！　熱い脚本に夢中になってしまいあっという間でした！」

まるでなんでもないことのようにそう言って、菫はにこりと笑う。

(嘘じゃ……なかったんだ……)

マサの目頭が熱くなり、目の前にいる菫の姿が、ぼんやりと滲む。

地味で冴えなかった彼女は、見違えるほど美しくなって、でも、それは外見を着飾ったからだけのことではない。

獅月組の日鷹桐也に憧れ、ずっとそばで見てきた自分だからこそ、桐也が彼女を愛するようになった理由は、すぐにわかった。

それは彼女が持つ真の心の強さと、桐也に対する大きな想い。

そしてその想いは、そのまま獅月組への想いへと重なり、ほかの組員たちや、いち舎弟に過ぎない自分のことまでも気にかけてくれている。

ああ、やっぱりお似合いだ。彼女は誰よりも、桐也のそばにふさわしい――。

そのことが身に染みてわかり、唇を噛み締める。様々な気持ちが綯い交ぜになって、我慢していた涙が零れ落ちそうになり、マサは慌てて袖で拭った。

「ありえねえよ……あれ、全五十話だぞ……」

「す、すみません！　決して暇だったわけではないのですが、映画版まで課金して見てしまいました……」

何故かわからないが、菫はわたわたと焦りながら頭を下げる。

「それに私ったら、こんなことを話している場合ではありませんね。一刻も早く、カイセイレッドを捜しに行きましょう！」

「えっ、い、今から⁉」

「当然です。マサさん、最後にスマホを触ったのはいつですか？」

「あ、えっと、さっき公園で――」

「桐也さん、行きましょう！」

「ああ、暗くなる前に急ごう」

「えっえっ」

桐也までこんなことに巻き込むわけにはいかないと思ったが、ふたりは迷うことなく立ち上がり、マサは慌ててそのあとを追いかけたのだった。

＊＊＊

「ありませんね……」

マサがさっきまでいたという公園に案内されてやって来たが、三人がかりで捜しても、カイセイレッドの姿は見当たらなかった。

「なんでだろう……あるなら絶対にブランコの下だと思ったのに……」

ストラップを見た記憶はそこが最後らしく、手掛かりがなくなってしまったマサが心細い声で呟いた。

（マサさん……）

あのカイセイレッドのストラップは、菫が思っている以上に、彼の大切なものなのだろう。

堪え切れず、とうとう涙をひとつ零してしまったさっきのマサを思い出して、菫の心は、ぎゅっと痛んだ。

（絶対に見つけないと……！）

たとえマサに認められなくても、許してもらえなくても、そんなことはどうでもいい。

ただ、いつもの彼のひまわりのような笑顔を取り戻してもらいたいと、そう思って捜し続ける。

「ここにも見当たらないようです。いったいどこへ行ってしまったのでしょう」

しかしブランコの周辺にはやはり落ちていないようで、ほかに思い当たる場所はないかとマサに尋ねようとしたとき、そばにいる桐也がふと呟いた。

「子どもが持ち去っていないといいが……」

その言葉に、菫はハッとする。

「もしかしたら、子どもが見つけて遊びに使ってしまったのかもしれません！」

「遊びに？」

桐也は首を傾げた。

「はい。もし公園に戦隊ヒーローの人形が落ちていたら、子どもはきっと喜びます。それを拾って、ごっこ遊びなどをしてもおかしくありません」

「なるほど、そういうことなら広く捜したほうがよさそうだな」

「はい。私は砂場のほうを見てきます」

広範囲を手分けして捜そうと、相談して場所を分担する。そのときもマサは、しゅんとした顔をしていて、やはり自分がしっかりしなければと、菫はそう思った。

（もしあのサイズで人形遊びをするなら、やっぱり砂場だよね）

想像力を働かせ、目星をつけた場所を一心不乱に捜す。

砂場には先客が作った大きな砂の山やお城がそのままになっていて、菫は心のなかで謝りながら、それらを壊してなかを掘っていった。

砂といっても粘度があり、道具も何も使わずにその作業をするのは思いのほか大変だ。手が泥だらけになるのはもちろん、いつの間にかスカートの裾や服の袖、そして靴までも真っ黒になってしまっていたが、そんなことは構わなかった。

「……も、もういいよ！」

ふいにそう言われて顔を上げると、すぐそばにマサが立っていた。

「マサさん……？」

マサはまるで叱られた子どものような顔をして、肩を震わせている。

「もう捜さなくていいって！」

「えっ、何故ですか？」

「だ、だって！　手も、服も、こんなに汚れて、俺なんかのために——」

マサがそう言って、菫の手を止めようとしゃがみ込んだそのときだった。

「あ！」

砂のお城のなかを掘っていた手に、何か硬いものが当たった。

菫はそれごとごっそりと掻き出し、手の平で丁寧に砂を払う。

すると出てきたのは——真っ赤なコスチュームに身を包んだカイセイレッドだった。

「マサさん、ありました！　ありましたよ！」

菫は興奮しながら、カイセイレッドを差し出す。マサは飛び込む勢いでそれを受け取り、大事そうに両手に載せた。

「カイセイレッドだ……俺の……ヒーロー……」

じっとカイセイレッドを見つめる瞳には大粒の涙が浮かんでいて、菫が「よかったですね」と言ったとたん、それがぶわりと溢れ出した。

「うわ〜ん！　よかった……よかったよう……！」

その声を聞いて桐也もやって来る。

「あったのか！　って、おまえめちゃくちゃ泣いてるじゃねえかよ！」

「だ、だって、だってぇ……」

その場にへたり込んだマサは、まるで今まで我慢していた涙を出し切るように、大声で泣き続けた。

「マサさんの大切な宝物が見つかってよかったですね」

菫がそう言うと、鼻を真っ赤にしたマサが、潤んだ目でじっとこちらを見た。すると首を傾げた菫の耳に、小さな声が届く。

「……りがとう」

「！」

それは恥じらいながら発せられた、マサからの感謝の言葉。

「もっとデカい声で言え、馬鹿」

しかし桐也に小突かれて、マサは大きく息を吸う。

「ありがとうッ‼」

その声は公園どころか、近所にまで響き渡ってしまいそうな大声で、菫は思わず笑顔になった。

「はいっ」

カイセイレッドが見つかって、そんなに大きな声が出るほど元気になったことを喜んでいると、マサがまだ何か言いたげにこちらを見ていることに気がつく。

桐也がそっと背中に手を置いて、そのことで文字どおり背中を押されたように、マサは口を開いた。

「そ、それと……いろいろ悪かった……地味女って呼んだり、反抗したり、兄貴とイチャイチャするたびに怒ったりして」

「べ、別に俺はイチャイチャなんかしてないぞ！」

流れ弾をくらった桐也が赤くなって叫んだが、マサの表情はいたって真剣で、菫はじっと話を聞く。

「なんつーか、そ、そういうのは、ただの俺のヤキモチで……だから……」

すると突然、マサは「ああーっ！」と言ってわしゃわしゃと頭を掻いた。

そして――。

「俺はとっくに、おまえのこと獅月組のピンクって認めてるからっ！」

そう叫んだ。

菫はきょとんとして、ぱちくりとひとつ瞬き（まばた）をする。

「は？　おまえなんだそれ」

「だ、だって兄貴がレッドだから――」

「俺はレッドになった覚えはねえ！　もっとちゃんと言え！」

と、いつものように桐也に叱られたマサは「やっぱり兄貴は意地悪だぁ」と泣きべそをかきながらも、どこかうれしそうだ。

「ふふっ」

そんなふたりを見て、菫は小さく笑う。

桐也はああ言ったけれど、マサのその言葉は、きっと彼にとって最大の賛辞だ。

それにしても……。

（私、そんなに桐也さんとイチャイチャしてるのかな……）

ようやくマサに認められたことがうれしくて、でも、彼の前で桐也と仲良くするのはほどほどにしなければと、赤くなるのだった。

第二章　うさぎのお嬢

菫はまたまた、お菓子作りに勤しんでいた。

しかし今日の景色は、いつもと違う。

「うわあ……すごい……本当にこんなにたくさん一気に焼けるんだ……」

オレンジ色に光るオーブンを覗き込むと、百枚のクッキーがこんがりときつね色になっていた。

今日、菫が作業をしている場所は、離れの自宅ではなく屋敷の台所。そしてこのオーブンは、桐也が買ってくれた新品のものである。

屋敷にあるのは昔ながらの小さな台所で、組員たちのおやつは、いつも自宅で作って運んでいた。

しかし敷地内にあるとはいえ屋敷は広く、往復するのも大変だろうと言って、桐也が屋敷にもオーブンを置いてくれたのである。

そのオーブンは最新式で容量も大きく、性能も一番いいものだ。

当然、値段もびっくりするくらいお高く、菫は遠慮をしたのだが、桐也は「気にすることはない」と言って、ぽんと財布を出してくれたのである。

『これでおまえのうまい料理が食べられるなら安いもんだ』

と、そう言って桐也は笑ったが、菫は恐縮しきりであった。

そうでなくても、菫は普段から、桐也にいろんなものを買ってもらっている。

桐也が定期的にプレゼントしてくれる着物や洋服で、箪笥（たんす）とクローゼットはもういっぱいだ。

懇意にしている呉服店やブティックとの付き合いがあるからということであったが、それに合わせたアクセサリーや靴まで、全身のコーディネートを見繕ってくれるので、桐也と買い物に行くときは、いつもちょっとしたお姫様気分である。

このまえなど、菫が書店でうきうきしながら待望の新刊を手にしていたら――。

『そんなにおまえが喜ぶなら、この店ごと買ってやろうか？』

などと言われて、変な汗をかいた。

もちろん「冗談だ」と言っていたが、その目はまんざら冗談でもなかったような気がしないでもない。

（桐也さんってもしかして……スパダリというやつなのでは!?）

最近そういう恋愛小説を読んだばかりの菫は、ハッと肩を上げた。

かっこよくて、やさしくて、包容力があって――大人の余裕もたっぷりで、いつも菫のことを一番に気遣ってくれる。

そんな桐也と結婚していることが、あらためて夢のように感じられて、クッキーが焼き上がるあいだ、菫はうっとりと甘い記憶に浸った。まるでその記憶を演出するかのように、台所にクッキーの甘い香りが広がっていく。

（本当に幸せだな……）

しみじみとそう思いながら、しかし自分ばかりが幸せを貰っていてはいけないと、首を小さく振って、甘い脳内劇場を終わらせる。

菫には今、密かに計画していることがあった。

それは、来月の十月にある桐也の誕生日を、何か特別な形でお祝いしたいということ。

結婚してからはじめて迎えた彼の誕生日は、あろうことか普段どおりに過ごしてしまった。お互いそういう祝いごとに疎かったということもあるが、一日が終わるころに今日が誕生日だと聞かされて、どうすることもできなかったのである。

（だって桐也さん、寝る前に突然言うんだもん……）

とはいえ夫婦なら誕生日くらい事前に確認をしておくべきで、そのときの失態を思い出して菫は赤くなる。

桐也は「おまえがいればそれでいい」と、その夜は強く抱き締めてくれたが、菫は今度こそ、誕生日をきちんと祝いたかった。

(でも、どんなことをすれば喜んでくれるんだろう……？)

豪華なディナーやプレゼントもいいけれど、なんとなく、桐也はそれらを特別とは感じない気がした。

(じゃあ手作りのご馳走(ちそう)を用意する？)

それなら間違いなく喜んでくれるだろう。しかし菫が料理やお菓子を作るのはいつものことであり、それがいくら豪華になったからといって特別とまではいかないだろう。

(悩むなぁ……)

桐也があまりにも完璧すぎて、自分なんかが何をしたら喜んでもらえるのか、まったく見当がつかなかった。

そうこうしているうちに焼き上がりを告げる電子音がして、菫はオーブンから鉄板を取り出す。

「わっ、きれいに焼けてる！」

と、そのなかの一枚を口に入れた。あつあつのクッキーはほろりと溶け、甘いバターの風味が口のなかに広がる。

（うん、おいしい！　今日も大成功）

　菫はうきうきとした気分でケーキクーラーを取り出すと、慎重にクッキーを並べた。

　今日のクッキーはいろいろな型を使って焼いたので、見た目もかわいらしい。ハートや星にジンジャーマン、クマや猫に犬など、動物の形もある。

　でも一番桐也に食べて欲しいのは——。

「ふふっ、うさちゃん！」

　桐也が甘党だと、まだ菫が知らなかったころの思い出を振り返って、菫は「うさちゃん」クッキーを手に笑みを零（こぼ）した。そのときだ。

「——へえ、うまそうなうさちゃんだな」

　背後にぬっと大きな影が現れて、耳元で低く囁（ささや）いた。

（桐也さん？）

　そんなことをするのは夫である桐也以外に考えられず、反射的にそう判断した菫だが、すぐに思い直した。

（違う、桐也さんじゃない！）

　だって桐也は、このクッキーを見て菫の前で「うさちゃん」とは言わない。

いや、言うには言うのだけれど、そういうときは決まって恥ずかしそうに「う、うさちゃん……」と小さな声で言うのだ。

それに、たしかに桐也の声は低くて耳に気持ちのいい声だけれど、なんというか……こんなにも濡れた吐息のような声ではない。

その瞬間、うなじにぶわりと鳥肌が立った。

「だっ、誰ですか⁉」

咄嗟に手元にあっためん棒を手に取り、振り返る。

するとそこに立っていたのは、全身黒いスーツを着た見知らぬ中年の男だった。

「おっと、見かけによらずじゃじゃ馬だな」

男はそう言って、髭の生えた口元をニヤリと引き上げる。

そして目にも止まらぬ速さで、菫の手からめん棒を奪い取り、その拍子にバランスを崩した菫の腰を抱いて、ぐっと引き寄せた。

菫が呆気に取られて呆然としていると、男がまた、ウィスパーボイスで囁く。

「でも――そういうギャップ嫌いじゃないぜ？」

「い、いやあっ！」

反射的に、覚えたばかりの護身術がさく裂する。

手首を捻り上げられた男の悲痛な叫び声が、屋敷中に響き渡った。

和室の客間で男と向き合った菫は、顔を真っ赤にしてうつむいた。

隣には、叫び声を聞きつけてやって来た桐也が正座をしている。男は上座であぐらをかきながら、銀のライターで煙草に火を付けた。

「いやあ、久しぶりだぜ。こんなに刺激的な目に遭ったのはよ」

菫は恥ずかしさのあまりぎゅっと目を閉じて、そのまま頭を下げた。

「本当に申し訳ありませんでした！」

「構わねえよ。こんなカワイコちゃんに手を握られるならいつでも大歓迎だ」

煙草を片手に、男がニッと笑う。

「叔父貴！」

すかさず灰皿を差し出しながら、桐也がたしなめるような口調で言った。

「おっと、いけねえ。このご時世、ヤクザもコンプライアンスってのを守らねえとな。ただでさえ――このカワイコちゃんはおまえの大切なお姫様だからよ」

そう言って男はニヤリと不敵に笑い、桐也はぐっと言葉を呑み込んだ。

「……と、とにかく。叔父貴はいつも突然なんですよ。来るなら来ると言っておいてくれたら、迎えの準備もしておいたのに」

「俺ぁ、かしこまったのは嫌いなんだよ」

男はゆるくパーマがかった前髪を払いながら、煙を吐き出す。スーツはネクタイまで黒で統一されていて、口元と顎に生やした髭が、ただならぬ貫禄を醸し出していた。

そう、本来なら彼は、組員が総出で出迎えなければならない立場の人間で、その正体は、卯堂組の組長、卯堂雪臣であった。

卯堂組は獅月組の直系組織だ。雪臣はもともと哲朗の弟分であったが、その忠誠心と社交術を買われて独立をした。雪臣は他組織との交渉など外交を主に行っており、哲朗が病床に伏してからは、その代理も務めている。

つまり卯堂組は、陰で一枚岩となり獅月組を支えている存在というわけだ。

そんな卯堂組の話は、もちろん菫も聞いている。だから、すっかり不審者だと思い込んでしまったウィスパーボイスの中年男が、まさかその雪臣であると知ったときは、頭が真っ白になった。

「それにおまえがいけねえんだぜ？　いつまでたっても、お姫様を紹介してくれねえからよ。まぁでも、元気な嫁さんで安心したぜ」

そう言って、雪臣は煙草を灰皿に押し付ける。彼に何を言われても責められているような気がして、菫はまた頭を下げた。

「すみません……本当に……」

「おまえが謝ることはない。どうせ叔父貴に何かされたんだろう」

「えっと、それは……」

何かどころではなくいろいろとされたのであるが、それを伝えてもいいものか迷って、目を泳がせてしまう。しかし桐也がその「いろいろ」を察するには、その反応だけで十分だったようだ。伸ばした背筋はそのままに、桐也はギロリと雪臣を睨みつける。

「ったく、狸親父め……」

「なんだよ？　俺はカワイイうさちゃんクッキーを見つけたんで、一枚もらおうとしただけだっての」

机の中央には、せめてものお詫びとして菫が置いたクッキーと、桐也の淹れたコーヒーが並んでいる。雪臣はクッキーの山に手を伸ばすと、迷わずうさぎの形を選んで手に取った。

「それとひとつ、俺は狸じゃなくてうさぎだ。あんまり放っておくなよ？　うさぎは寂しいと死んじゃうんだぜ？」

真っ白な歯を剝き出しにしてニッと笑い、うさちゃんクッキーの耳を齧る。

「よく言いますよ」

桐也は呆れた顔でため息をついたが、そこには隠しきれない喜びの表情が滲んでいた。

雪臣は桐也の親分である哲朗と兄弟の盃を交わしており、桐也の叔父の立場となるが、無論そこに血の繋がりはない。しかし十四歳で哲朗に拾われた桐也の世話係を務めたのが雪臣であり、その頃から可愛がってもらっているのだそうだ。

クッキーを食べ終えた雪臣が、ゆっくりとコーヒーを口に運ぶ。

「──うん、いい味じゃねえか」

桐也が憧れた、哲朗のブラックコーヒー。その淹れ方を教えてくれたのは雪臣なのだと、ずっと前に話してくれたことを思い出す。ふと横目で見た桐也は、少し照れくさそうに、小さく笑っていた。

（桐也さん、きっと雪臣さんのことが大好きなんだな）

時おり憎まれ口をたたきながらも、決してその姿勢を崩すことなく、その眼差しを見れば、桐也が雪臣を心から尊敬しているであろうことはすぐにわかった。

（それにしても、雪臣さんはどうして急に会いにきたんだろう）

いわば本丸ともいえる獅月組が、ある程度の平穏を保っていられるのは、外交担当である卯堂組が常に前線で危険を排除してくれているからというのが大きい。それゆえ雪臣は、常に休む間もないほど忙しいと聞く。そんな彼が、よもや本当に菫の顔を見に来たというわけではないだろう。

同じ疑問を、桐也がぶつけた。

「それで、今日は何の用事ですか？　叔父貴が直接来るなんて、よほどのことだ」

すると雪臣はコーヒーを飲む手を止めて「まぁな」と答えた。ややあって、口を開く。

「――ちょいと虎田門一家に会いに行くことになってな。一週間、こっちを留守にする」

「虎田門一家に？」

桐也が息を呑んだのがわかった。

「それは――また、急なことですね」

「ああ、義理があってな。親分が目に入れても痛くないほど可愛がっている孫娘が結婚して、その祝言が開かれるってんで招かれた。八重も一緒だ」

八重というのは雪臣の妻である。もとは由緒ある鶴島組の娘で、哲朗の計らいで雪臣と見合い結婚をした。生粋の極道として育った彼女は文字どおりの姐御肌で、雪臣と肩を並べて組を仕切っていると、桐也から聞いている。

「そういうことでしたか。では、うちも祝儀を用意しておきます」

「ああ、頼む。なんせ虎田門一家だからな、派手にやるらしい。式のあとは三日三晩の宴会だって話だ」

「み、三日三晩……」

菫は驚いて思わず呟いたが、雪臣は表情を変えずに言った。

「ヤクザってのは存外付き合いが大事でな。まぁ、ついでに頼みごともしてくるつもりだ」

（頼みごと……？）

含みのある言い方が気になったが、桐也はそれだけで何かを察したらしく「わかりました」と頭を下げた。

（それにしても、びっくりしたな……）

虎田門一家とは、西にある巨大組織だ。メディアでもたびたび取り上げられることから、菫でもその名前は知っている。

そんな組織と獅月組とに関わりがあったことに衝撃を受けていると、菫の不安な気持ちを察したように桐也が言った。

「虎田門一家の親分とうちの親父は、昔から付き合いがあるんだ。これは万が一のことだが、互いのシマが外から侵略されるようなことがあったときは、協力し合う約束になっている」

「いわゆる同盟関係のようなもんだ。ヤクザの世界も助け合いってな」

と、雪臣が意味ありげに笑う。

「そうだったんですね……」

菫は頷きながらも「外からの侵略」という不穏な言葉を、内心で反すうした。

この街に限らず、全国にも数多の極道組織が存在することは知っている。

しかしそれぞれに縄張りがあり、それを越えてシマを荒らすようなことはご法度だ。縄張り内でいざこざが起こることはあれど、もしほかの街を侵略するようなことがあれば、それこそ大抗争になってしまうだろう。

そんな戦争を起こしたところで、組織は疲弊するだけであり、下手をしたら街ごと縄張りを失ってしまうことになる。

この国の裏社会の情勢についてはそう聞いていて、だから桐也は、「万が一」という言葉を使ったのだろう。しかし菫は、ハッと肩を上げる。

あのSLY FOXが裏社会の全国支配を目論み、この街を侵略しようとしたのは、つい先日のことだ。

桐也たち獅月組と犬飼一家の面々、そして龍桜会若頭・龍咲美桜の矜持によって、その計画は阻止されたが、彼らは禁を犯したことになる。

つまりそれは、地域を越えて縄張りが侵略される可能性が明るみに出たということだ。

SLY FOX主催の仮面舞踏会に、『西の大物』と呼ばれる人物が参列していたことを、菫は思い出す。もしその人物が、虎田門一家と敵対する組織であったとしたら、それはゆゆしき事態だ。

それはこの街も同じことで、SLY FOXの事件は片付いたが、いまだ小さな火種はあちこちでくすぶっている。

（もし「万が一」のことが起こったら……）

獅月組と虎田門一家は、助け合わなくてはならないということだ。

「……虎田門一家の親分さんは、この街の現状をさぞかしご心配されているでしょうね」

雪臣の目をまっすぐに見据えて、菫は問いかける。

二本目の煙草に火を付けようとしていた雪臣は、その手を止めた。

「……ただのお姫様じゃねえようだな」

キンッとライターを鳴らし、煙草を懐にしまうと、雪臣は言った。

「その通りだ。しかし同盟と言っても、うちと虎田門じゃ格が違う。こっちは頭下げて、金と道具を調達しなきゃならねえ。義理かけってのは、忠義を試される場でもある。いい機会だ。俺もそろそろ、強い人脈が必要だからな」

やはり……と、菫は心の中で頷く。おそらく式のあとにある宴会は付き合いの場にもなっていて、そこで雪臣は虎田門一家に、有事の際の援助を頼むつもりなのだろう。

名目は祝言であるが、これは重要な任務だ。

「それから、現場には幹部も連れていく。こっちが手薄になって悪いが、留守を頼んだぞ」

「わかりました、叔父貴」

さっきまでの飄々（ひょうひょう）とした様子とは打って変わり、雪臣は真剣な表情をしていた。菫はあらためて姿勢を正し、桐也も深く辞儀をする。

「そういえば――」

顔を上げた桐也が、思い出したように言った。

「お嬢はどうするんです？」

雪臣には幼い娘がいると聞いている。祝言に八重が同行するのであれば、置いて行くわけにはいかないだろう。式のあいだは組員たちが面倒を見るのだろうかと、菫がそんなことを考えていると、雪臣は「ああ、そのことなんだが」と、クッキーに手を伸ばした。

「おまえんところに預けようと思ってよ」

さらりとそう言われて、菫は目が点になる。

「はぁ？　お、お嬢をうちに⁉」

　桐也が大きな声を出した。

「どうしてそうなるんですか⁉」

「どうしてって、かわいい娘の椿をあんな場所に連れて行けるわけねえだろうがよ。全国屈指の強面おじさんが集結するんだぞ？　俺だって泣いちゃうよ」

　雪臣はバリバリとクッキーを咀嚼しながら、眉を八の字にして言った。

「それにワケなく幼稚園を休ませるのもかわいそうじゃねえか。その日には、椿が楽しみにしているお友達のお誕生日会があるっていうしよ」

（お友達のお誕生日会……）

　その言い方に雪臣の父親としての姿を垣間見て、困っている桐也には悪いが、少しだけ和んでしまう。

「自宅で誰かが見るわけにはいかないんですか？」

「熊殺しのテツは護衛でどうしても連れていかなきゃなんねえんだ」

「くまごろしのてつ……」

　物騒な二つ名に驚いて菫が思わず口にすると、雪臣は「ああ、椿の世話係な」と、なんでもないことのように手を挙げて笑った。いかにも強そうなその世話係がいないとなれば、確かに心細いかもしれない。

「だから、な？　頼むよ。ベビーシッターみたいな素人に任せるわけにはいかねえしよ」

「俺のほうが素人ですよ！」

桐也が珍しく、感情的になって声を荒らげる。

確かにいくら万能の桐也でも、その能力が子ども相手に発揮されるかといわれたら、菫もわからない。獅月組主催の夏祭りで、男児たちと接しているのを見たことはあるが、それが小さな女の子となれば、話は別なのかもしれなかった。

菫とて、そんなにも長い期間、子どもの面倒を見たことはない。

（不安はもちろんあるけれど……）

桐也の育ての親ともいえる雪臣と、彼の家族の力になりたいと、そう思った。

「桐也さん、椿さんをお預かりしましょう」

菫は、腕にそっと手を添えて言った。桐也が困ったような顔で、こちらを見る。

「菫……しかし、おまえは大丈夫なのか？」

「不安がないと言ったら嘘になりますが、それで組長さんと奥様が心置きなくお祝いに行けるのなら、私はお引き受けしたいと思っています。このことは獅月組の、いえ、この街のためでもあるのですから」

その言葉に桐也は押し黙り、雪臣が身を乗り出した。

「さっすが菫ちゃん、いいこと言うよ。ほら、桐也。黙ってねえでなんとか言えって」

急に「菫ちゃん」と呼ばれたことを気にしつつも、菫もその表情をうかがう。桐也は眉間に深く皺を寄せていたが、しばらくして観念したように口を開いた。

「……わかりました。お留守の間、お嬢をお預かりします」

「恩に着るぜ。おまえになら安心して任せられる。菫ちゃんも、よろしくな」

「はい」

菫が頷くと、雪臣はニッと笑い、満足そうにコーヒーを飲み干した。


それから数日後の月曜日、いよいよ椿を預かる日がやって来た。

卯堂組の息女を迎え入れるということで、着物姿で正装をした菫は、椿のために用意した和室の客間に入り、最後の確認をしていた。

「足りないものはなさそうかな……」

獅月組の屋敷には、客用の日用品が一通り揃っているが、さすがに子ども用のものはなく、この部屋にあるものは、すべて新しく買い揃えたものだ。簡素な客間であるが、少しでも椿に喜んでもらえるよう、ぬいぐるみや人形を並べたりもして、賑やかな見た目になっている。

それからもうひとつ、彼女を歓迎するための「特別な出迎え」も用意していて、その準備も完璧だった。

部屋の確認を終えた菫は、すぐ隣の客間にいる桐也の元へと戻り、その対面に正座をする。

「準備は整いましたよ」

声を掛けると、桐也は「ありがとうな」と言って笑ったが、その様子は、いつになくそわそわと落ち着かないように見えた。

「まだ小さなお子さんを預かるなんて、やはり無謀でしたでしょうか。勝手な口出しをしてしまって、ごめんなさい」

そう言うと、顔を上げた桐也は焦ったように答えた。

「すまない、違うんだ。むしろあのときは、おまえの判断に救われた。叔父貴のいつもの調子に釣られてしまったが、俺の立場なら、あの場は即座に引き受けなければならなかった」

極道の世界は厳格な縦社会であり、上の者の言うことは絶対だ。しかし桐也は、十四から部屋住みとして雪臣と共に時間を過ごしてきた。その関係は、まるで歳(とし)の離れた兄弟のようで、だから今でもつい、ざっくばらんなやりとりになってしまうのだという。

「それだけ信頼し合っているということですね」

菫がそう言うと、桐也は少し照れたように笑った。

「叔父貴のことは尊敬している。ああ見えて、頭のキレる策士でな。この世界のいろいろなことを教わったよ。そんな叔父貴の頼みなら、俺はなんだってする覚悟だ。しかし……」

「しかし……？」

菫が首を傾げると、桐也は額に手を当てて、苦渋の表情で言った。

「……今回のことだけは、どうしても二つ返事ができなかった」

「何故、ですか？」

確かに、何事にも動じない桐也が、こんなふうに目に見えて不安そうな素振りを見せるのは、あまりないことだ。

菫が訊くと、やはり言いにくいというように、桐也はまた、ためらって言った。

「……俺は、椿に嫌われているんだ」

「嫌われている？」

思いがけない答えに、菫は目を丸くする。桐也は何かを思い出しているような様子で、眉根を寄せながら言った。

「ああ、物心がついた頃から、あいつは俺に会うといつもそっけない態度でな。俺にとっては姪っ子のようなものだし、一緒に遊んだりプレゼントをやったりと、いろいろやってはみたんだが――結果は変わらなかった」

そのときのことを思い出しているのだろう。桐也は少し寂しそうに、眉を下げる。

「まぁ、もともとガキは得意ってわけじゃねえがな。しかし、あいつの場合は特にわからねえ。妙に大人びているというか、貫禄があって、すぐに言い負かされちまう」

「桐也さんが、ですか？」

その言葉に、菫は驚いてしまう。

「女の子は、マセている子が多いと聞きますが……」

フォローのつもりでそう言ったが、しかし桐也は首を振った。

「いや、あいつの場合はマセているとかそういう次元じゃねえんだ」

「ど、どういうことでしょうか……」

その言葉だけではよくわからず、菫は尋ねる。桐也は「ううむ」と唸って腕を組むと、言葉を選ぶように話し出した。

「なんというか、組長の娘としてあまりにも出来過ぎていてな。子どもらしい我儘は言わねえし、いつも落ち着いていやがる。頭も良くて、あいつの前で少しでもこっちの話をしようもんなら、それだけで組の情勢を察知しちまうくらいだ」

「そ、それはすごいですね……」

　確かにそれは次元が違うと、菫は目を丸くした。

「実際、年齢よりも遥(はる)かに賢いらしい。幼稚園でIQテストをしたときは、専門家がひっくり返ったそうだ」

　それは母親の八重に似たのだろうと念押ししながら、桐也は話を続ける。

「まぁ、生まれながらに組長の娘じゃあ、浮世離れするのも当然かもしれねえがな。もしかしたら俺は、そんな椿から見て頼りないのかもしれない」

「そんなこと！」

　菫は思わず声を大きくしたが、「おまえも会えばきっとわかる」と言って、話は切り上げられてしまった。

　するとそれを見計らったようにスマホが鳴り、椿が到着するという連絡が入る。

「さて、お出迎えだ」

　桐也がそう言って立ち上がり、菫も緊張の面持ちであとに続いた。

桐也と並び外に出ると、玄関前にはすでに何十人もの組員たちが整列し待機していた。

しばらくして、屋敷の前に黒塗りのセダンが静かに停まる。白い手袋をした黒服の運転手が降り、重厚感のあるドアを開けると、ワンストラップのローファーを履いた小さな足が覗いた。運転手が手を出すと、「いらない」という声が聞こえて、ひらりと小さな女の子が降りてくる。

その姿を見た瞬間、菫の胸が大きくときめいた。

(な、なんてかわいいの……!)

腰まで伸ばされた姫カットの黒髪は、まっすぐでつやつや。ミルク色をした肌は頬だけが薄紅色に染まり、離れた距離でもわかるほど睫毛が長い。まるでお人形のような姿に、菫は見惚れてしまった。立ち居振る舞いも、確かに普通の子どもとは違う。

丸襟の白いブラウスに緑のタータンチェックの吊りスカートという幼稚園の制服は、いかにも子どもらしいデザインだ。しかし背筋をすっと伸ばした立ち姿は、凛々しいという言葉がぴったりで、年齢よりもずっと上に見えた。

「ご苦労さんです、お嬢!」

太く低い声が響き渡り、黒服たちが腰を折る。そんな状況にも動じることなく、すたすたと歩いて行く様子に、菫はすっかり感心してしまった。

（大人びているって、こういうことなのかな。でもこんなにかわいらしい子が、あからさまに桐也さんを嫌うなんて想像がつかないけれど……）

そんなことを考えながら、菫も椿に礼をする。

「はじめまして。菫といいます。よろしくお願いしますね、椿さん」

「………」

しかし椿は答えず、ぷいとそっぽを向いた。

（あ、あれ……？　少し、馴れ馴れしかったかな……）

子どもと接した経験があまりないため、加減がわからず不安になる。菫から顔をそらした椿は、そのくりっとした猫のような瞳で、桐也を見上げた。

「久しぶりだな、椿」

「………」

「……椿？」

「桐也って、こういうのがタイプなのね」

「なっ」

桐也は絶句し、菫も目を丸くする。女の子は小さくてもマセているものだと、さっき自分もそう言ったばかりであるが、果たして幼稚園に通うような子どもが、そんな台詞を言うものだろうか。直立不動の組員たちも、密(ひそ)かに驚いているような気配がした。

「べ、別にタイプとかそういうんじゃ」

「あら、じゃあ違うの？　奥さんを前に失礼だわ」

「っ……す、菫！　違う、今のは」

そして普段冷静な桐也が、あっという間に椿のペースに呑(の)み込まれていく。そのやりとりを見た菫は、桐也がさっき言っていたことをすぐに理解した。

（た、確かに……好かれているとはいえないのかも……）

いまだうろたえている夫に、「私のことなら大丈夫です」と、小声で伝える。桐也がほっとして息を吐いたが、椿はそんな夫婦の会話も聞き逃さなかった。

「あなた」

「は、はいっ」

思わず声が上ずってしまう。すると椿は、丸い瞳をキッと吊り上げて、ぴしゃりと言った。

「あなたも、失礼なことを言われたときはちゃんと怒るべきよ」

「え？」

「少なくとも、うちのママはそうだわ。ひとの気持ちばかりを窺(うかが)っているようでは、若頭の妻としてやっていけないわよ」

「…………」

菫は口をぽかんと開けたまま固まってしまう。椿の言うことはその通りなだけに、何も言い返すことができなかった。

整列した組員たちも、体勢こそ崩していないが、固唾を呑んでこちらを見ている。しかし椿は、そんな大人たちのことなどまるで気に留める様子はなく、玄関に上がった。

「私の部屋はどこ？　早く案内してちょうだい」

振り返ったその姿は、まるで小さな雪の女王様。

そして我に返った菫は慌てて、彼女のあとを追いかけたのだった。


「お部屋はこの奥になります」

と、菫は用意している客間に椿を案内した。

（椿さん、想像以上だったわ……）

さっきのやりとりを思い出し、菫の背中にひやりと冷たい汗がつたう。あの桐也があっと言う間に彼女に翻弄され、菫など言葉ひとつ発することができなかったのだ。

（でも、相手は小さな子どもなんだから……）

いくら大人びていると言っても、それがすべてであるはずがない。両親と離れ、一週間も他人の家に預けられることになって、きっと心細く思っているはずだ。

今からする「特別な出迎え」は、そんな椿に歓迎の気持ちを伝えるために考えたもので、果たして喜んでもらえるだろうかと、菫はドキドキしながら部屋の前に立った。

「こちらです」

椿の手荷物を置き、すっと障子戸を開ける。すると、パンパンという発砲音がして、三つの大きな声が響いた。

「ウェルカム！　お嬢！」

クラッカーを手に、カラフルな三角帽子をかぶったシンとゴウ、そしてマサが、満面の笑みで出迎える。

用意していた「特別な出迎え」とは、このサプライズなウェルカムパーティーだ。

壁には『ようこそお嬢』と書かれた横断幕があり、シンとゴウお手製の輪飾りがあちこちにぶら下がっている。机には、ケーキやマカロンなどのかわいらしいお菓子が並んでいて、その横にはたくさんのプレゼントが置いてあった。それらは、朝からマサが一生懸命にディスプレイしたものである。

このウェルカムパーティーは、まだ椿に会ったことがないシンたちが、この機会にぜひ仲良くなりたいと考えてくれた企画で、菫も彼らの気持ちに大いに賛成し、準備を手伝った。

ただひとり桐也だけが、盛り上がる面々を不安そうに見ていたのが思い出されるが、きっと想いは伝わるはず。そう思ったのだが、しかし――。

「……なにこれ」

椿は冷えた声で言った。

「お嬢のウェルカムハッピーパーティーっすよ！」

しかしその冷めた目に気づかず、マサが弾んだ声で言う。その横でゴウは背筋を伸ばし、菫にするのと同じように、丁寧に腰を折った。

「お控えなすって、お嬢。自分、ゴウと申します。最新のスイーツを用意しやしたんで、どうぞ召し上がってください」

「プレゼントもありますよ！　ほら！『魔法少女プリティピンク』のお人形っす！」

対の仁王像のような彼らであるが、その性格は対照的で、シンは人形を片手ににっこりとおどけて見せた。

どこからどう見ても楽しそうなウェルカムパーティーの光景に、菫は思わず顔をほころばせる。しかし椿の表情が冷え切ったままなのに気が付いて、焦てて説明をした。

「えっと、こ、これは、椿さんをお迎えするためのパーティーなんです。椿さんに、喜んでいただきたくて——」

「私、サプライズって嫌い」

「…………」

　そう言われたらもう返す言葉はなくて、大人たちは立ち尽くす。

　しかしゴウは気を取り直したように咳ばらいをして、用意したスイーツのひとつであるタピオカミルクティーを差し出した。

「そ、それじゃあパーティーはひとまず置いて、タピオカでも召し上がりませんか？」

「いらない」

「えっ……あ、い、いちごみるく味のほうがお好みでしたかね？　いやぁ、実は自分もこの味が好きで——」

「それもいらない」

「え？」

「それとあなた最新のスイーツと言ったけれど、タピオカはもう最新じゃないわ」

　そしてとどめの一撃がお見舞いされる。見た目とは裏腹に、ガラス細工のように繊細なゴウの心が、粉々に砕け散っているのが見てわかった。

「よ、よっし！　じゃあお人形で遊びましょうぜ！　お嬢！」

そう言って、今度はシンが椿に挑む。彼が手に持っているのは、日曜の朝にやっている女児向けアニメ『魔法少女プリティピンク』の人形だ。坊主頭でいかにも男らしい見た目のシンが、ふりふりとしたピンクの衣装に身を包んだ人形を手にして頑張っている姿は、菫の目にも健気に映る。

しかしそんなことは当然、椿には関係のないことだ。

「私、それ知らないから」

「えっ、『魔法少女プリティピンク』観てないんすか⁉」

「はじめて聞いたわ。私、子どもっぽいアニメとか観ない主義なの」

「そ、そんなぁっ！」

買うの恥ずかしかったのに……と、シンはがっくり肩を落とす。すると、今度は俺の番だとばかりに、マサが椿の前に躍り出た。

「じゃあこれはどうっすか⁉　『安全戦隊ゼッタイマモルンジャー』のリーダー、ゼッタイマモルンレッドの最終形態バージョンのフィギュアっす！」

その大きな声に驚いたのか、椿の肩がびくりと上がった。

「ほら！　めちゃくちゃかっこよくないっすか、これ⁉」

「………」

　椿は何も答えない。するとシンとゴウが両脇からマサを叱った。

「バカ！　そりゃてめえの趣味だろうがよッ！」

「お嬢は女の子なんだから、戦隊ヒーローなんか興味ねえに決まっているだろう」

　しばらく絶句していた椿であったが、ふたりの声にハッとすると、腕を組んで言った。

「そ、そうよ！　いくら限定だからって、ハイパーゼッタイマモルンレッドなんかに興味なんてないんだから！」

「しょぼん……」

　と、マサもわかりやすく落ち込んでしまう。

（どうしよう……椿さんと仲良くなる作戦が、すべて失敗してしまった……）

　いや、失敗どころか、腕を組んでこちらをじっと見上げている椿の表情は、明らかに怒っている。しかし為す術もなく青くなっていると、椿が、ゆっくりと口を開いた。

「菫さん」

「はひ……」

　声が上ずるのを通り越して、ひっくり返ってしまう。

「獅月組の姐御を名乗るなら、部下の教育はもっとしっかりしてちょうだい」

「も、申し訳ありません……」

もはや謝ることしかできず、小さな子ども相手に腰を折る。畳の縁を見つめながら、これは大変な一週間になるかもしれないと、菫はそう思った。

＊＊＊

「──卯堂雪臣が虎田門一家に？」

ロックグラスを傍らに、ぱらぱらと書類をめくっていた龍咲美桜は、報告を聞いてその手を止めた。

「はい、孫娘の結婚式に招かれているそうです」

舎弟頭の鯉塚清史（こいづかきよふみ）は、どこからか手に入れた出席者の名簿を手渡す。受け取った美桜は、それに素早く目を走らせた。

「ふうん……」

さすがは西の大御所で、招待客には錚々（そうそう）たる顔ぶれが名を連ねている。彼らが徒党を組めば、この街など一瞬で塵（ちり）になってしまうだろう。

「仲良し小好（よ）し……まァ、腹の内はわからないけどね」

美桜はパンと人差し指で名簿を弾く。

獅月組が虎田門一家と同盟関係にあるのは知っている。しかし同盟といっても口約束で、いわば友好関係を築いているだけのことに過ぎない。

極道が義理ごとを重んじるのは、それが互いの誠意を確かめ合う場にもなっているからだ。古臭い親戚付き合いのようなもので、ビジネスライクな関係を好む美桜が、もっとも嫌うやり方である。

しかし虎田門一家こそ、そうした昔気質(むかしかたぎ)の極道だ。だから獅月組とは相性がよく、長年の友好関係を築いている。雪臣が招かれたのは、病床の哲朗の代わりであることは間違いないが、獅月組と一枚岩である卯堂組との関係を新たに深めることで、この街とのつながりを強固にする狙いがあるようにもとれる。

そして卯堂組側もそれを理解して、何かしらの交渉ごとを持ちかけるはずだ。端的に言えば、それは資金と武器の調達。そしていざというときの兵力の要請だろう。

そうなれば、いくら龍桜会といえど太刀打ちはできない。

「チッ……」

美桜は無意識に、親指の爪を噛(か)んだ。

「卯堂雪臣の動きは把握できているな？」

清史に尋ねる。

美桜がこの男を拾ったのは、十八の頃だ。雨と血でどろどろになった体で、路地裏に打ち捨てられていた。汚い捨て犬だったが、その何もかもを諦めたような灰色の瞳が気に入って、傘を差し出した。

無表情でついてきた男の素性は、名前以外に知らない。興味もない。しかし空っぽの人間は従えるのに都合がよく、美桜はその捨て犬を側に置き、自分の思いどおりに働くよう調教してきたのだ。

そんな忠実な舎弟が、よもやただ名簿を持参したわけではないだろう。清史は美桜の期待どおりに頷(うなず)いた。

「はい。祝言のあとは酒宴が開かれますが、卯堂雪臣はその最終日に会食の予定を入れています。おそらくそこで密談が行われるのではないかと」

やはりそうかと、美桜は苦々しい表情で思案をする。しかしすぐに、その薄い唇を引き上げた。

「いや――これは、いい機会かもしれないな」

そう言って、フッと不敵に息を吐く。

「卯堂雪臣には家族がいたな？」

「はい、妻と娘がひとりいます」

清史はそう聞かれるのがわかっていたかのように、家族それぞれの写真が添付された調査報告書を差し出す。

「しかし、妻は卯堂に同行するようですね」

「じゃあ話は早い。標的は娘だ。娘を弱みにして脅しを掛けろ」

美桜は迷わず言った。雪臣は家族を溺愛しているという。ならば娘を攫いでもすれば、すぐに交渉を中止するだろう。いずれにせよ、こちらの存在を示威することはできる。

「西のお歴々にも、きちんと伝えないと。この街には龍桜会もいるのだということを忘れてもらっては困る、とね」

「承知いたしました」

清史が頭を下げ、卯堂椿の報告書を下げようとする。その刹那、写真に写っている娘の、妙に大人びた瞳と目が合った。美桜は反射的に、報告書を自分のほうに引き戻す。

「――どうかされましたか？」

「……仕事は鴉に依頼しろ。こういう汚れ仕事は奴らの専門だからな」

清史は表情を変えることなく「はい」と頷く。雪臣が不在の現状、もし椿に何かあれば、出てくるのは獅月組だろう。あの菫という女と家族ごっこにかまけている桐也にも、現実を思い知らせてやらなければならない。

この街の平穏など、幻想だ。その立役者である哲朗さえいなくなれば、たちまち有象無象の輩が牙を剝くだろう。

しかし獲物は誰にも渡さない。

月に吠える獅子を狩ることができるのは、桜吹雪を背負った龍だけだ。

「おまえは引き続き例の件を探れ。どんな小さな動きも見逃すな」

清史が一礼をして、部屋を出る。ドアの閉まる音を聞いた美桜は、残された雪臣の写真に吐き捨てた。

「バカな奴らだ」

やはり家族など、弱みにしかならない邪魔なもの。

それなのにどいつもこいつもが、それにかまけて足をすくわれるのだ。

「――僕は愛も血も信じない」

美桜はそう呟いて、揺れる琥珀色のウィスキーを飲み干した。

第三章　翻弄される日々

椿が獅月組にやって来た日の、次の朝。

彼女がここに泊まるあいだは母屋で生活することになり、菫は広間で三人分の朝食を並べていた。

（椿さんは、ちゃんと寝られたかな……）

そう思って、長机の前にちょこんと座る椿の様子を窺う。

昨日はすっかり椿に翻弄されてしまったが、両親と離れて、たったひとり知らない場所で寝るのは、やはり寂しかっただろう。

しかし椿はつんと澄ました表情で、菫のよそったごはん茶碗を受け取った。

「ありがとうございます。いただきます」

さすが組長の娘というべきか、礼儀作法はしっかりと身についていて、こちらが恐縮してしまうほどだ。

（椿さん、本当にしっかりしているんだな……）

心配で眠れなかったのは、むしろ菫のほうかもしれない。

護衛も兼ねて、桐也と共に椿の部屋のすぐ隣にある客間を寝床にしたのだが、壁越しの彼女の様子が気になって何度も目が覚めてしまった。何かあれば、いつでも添い寝や読み聞かせに付き合おうと待機していたのだが――。

（そんな心配はいらなかったみたい）

椿は寂しさから菫たちを頼るようなことはなく、それどころか朝はひとりで起き、着替えまで済ませて広間にやって来た。

朝食はひとまず和食を用意している。昨夜の夕食は、歓迎パーティーの延長でピザやハンバーガーなどの出前を取っていたので、椿に手料理をふるまうのははじめてだ。

白いごはんに豆腐のお味噌汁。鮭は塩焼きにして、甘めの卵焼きはハート形にしてみた。

「椿さん、お味はどうですか？」

ドキドキしながら尋ねる。しかし黙々と箸を動かしていた椿は、ちらりとこちらを見たものの、何も答えなかった。

「お、お口に合わなかったでしょうか？」

「…………」

「もし味の好みがあれば遠慮なく言ってくださいね」

「…………」

椿は答えず、今度はぷいとそっぽを向いてしまう。

やはり昨日のサプライズがよくなかったのだろうか。それとも本当に菫の料理が口に合わなくて、機嫌を損ねてしまったのかもしれない。だとしたら、冷たい態度を取られても仕方がないと思っていたのだが、桐也が口を開いた。

「何か言ったらどうだ？　口に合っても合わなくても、正直に言えばいい」

それは決して咎めるような口調ではなく、桐也なりに椿と自分の両方を気遣ってくれた言葉だと、菫にはわかる。しかし彼の不器用な物言いは、小さな子どもには厳しく映ってしまったのではないかとハラハラして椿を見たのだが、それも杞憂であった。

「…………」

椿は少し不機嫌そうな顔をして、ぱちりと静かに箸を置く。そしてゆっくりと桐也と菫の顔を見比べながら言った。

「しんこんだからって浮かれてる」

しんこん、が新婚のことを言っているとわかるまで時間を要したが、まさかそんなことを言われると思わず、ふたりは動揺してしまう。

「ど、どういう意味でしょうか？」

桐也は絶句してしまい、菫は焦りながら訊いた。マサとの一件もあり、最近は人前で必要以上に仲良くしないよう心掛けている。ましてや子どもの目の前で、おかしな態度を取ったことはないはずだ。

とはいえ、いつも桐也を目の前にすると、彼のことが「大好き」だという気持ちでいっぱいになってしまい、もしかしたらそういうオーラのようなものを椿に悟られているのかもしれないと、菫は青くなった。

椿はその小さな人差し指で、ぴっと卵焼きを差す。

「これ。ハートの形なんて恥ずかしい」

浮かれているのは自分の態度ではなく、卵焼きの形のことを言っているのだとわかり、菫はほっとした。しかし誤解をされてはいけないと、慌てて説明をする。

「すみません！　これは、椿さんが喜ぶかと思いまして――」

「私は喜ばない。みんながみんなこういうので喜ぶなんて思わないで」

その通りだ……と、菫は肩を落とす。この卵焼きも、ネットで「子どもが喜ぶおかず」を検索しただけのことで、もっと椿自身の好みを考えなければならなかったと、菫は反省した。

「もしかしてキャラ弁なんてつくっていないでしょうね？」

椿に言われて、ぎくりと肩を上げる。椿の通う幼稚園はお弁当制で、菫は特技が発揮できると、張り切って作っていたのだ——キャラ弁を。

「ま、まさか……作っていないですよ」

菫は作り笑いをして答える。

「そう、ならよかったわ。この年齢でキャラ弁なんて恥ずかしいもの」

菫の震える声を知ってか知らでか、椿はツンと澄ました表情で、食事を続ける。

菫は「少し失礼しますね」と席を立ち、急いで新しい弁当を作ったのであった。


「すまなかったな、菫」

正午、うさぎのキャラ弁を食べながら桐也は言った。

菫はお弁当の残りをおかずに、白米を口に運ぶ手を止める。しばらくして、今朝の椿とのやりとりのことを言っているのだとわかり、首を振った。

「いえ、椿さんの言うことはごもっともですから。それに、料理の感想なんて、初対面の私には言いづらいですよね。椿さんなりに、気を遣ってくれたのだと思います」

それは菫の本心で、もっとうまい関わり方があったのではないかと、反省していたところだ。しかし椿に言われたある言葉を思い出して肩を上げた。

「あ、でも、卵焼きは決して浮かれていたわけではなく、本当に椿さんのために――」

慌てて言い訳をすると、桐也がふっと笑う。

「わかっている。うまくできているぞ」

そう言ってハート形の卵焼きを摑むと、少し恥ずかしそうにぱくりと口に入れた。

はじめての手作り弁当を、思わぬ形で桐也に食べてもらうことになり、菫のほうも照れくさい気持ちになって、甘い卵焼きを摘む。

この一週間は椿の面倒を見ることに専念するため、桐也に外出の予定はない。しかし椿を送り出してしまえばやることはなく、いつになく穏やかな時間が流れた。

桐也がうさぎの形をしたおにぎりを食べながら、ふと、ため息をついて言った。

「……やはり、俺は嫌われているのかもしれないな」

「椿がおまえにまで冷たくするのは、きっと俺のせいだ。昔から外の人間には滅多に懐かないが、おまえにまで敵対心を剝き出しにするとは思わなかったよ。組長の娘として、その警戒心は間違っちゃいないが……俺たちは身内だからな」

最後にぽつりとそう言った桐也の表情は、少し寂しげに見える。

椿は家族同然に育った雪臣の娘で、桐也は「姪っ子」のような存在だと言っていた。だから本当はもっと、彼女との仲を深めたいのだろう。

(私も、力になりたい)

ここ最近の菫は、哲朗の言った「本当の家族」という言葉の意味を、ずっと考えている。

その言葉は、ともすれば菫に与えられた課題のように思えた。

単に夫婦としてうまくやっていくということではなく、それ以上の意味を持っているようで、しかしその答えは、いまだわからない。

哲朗が維持する家族のような獅月組──。

そして彼の言葉をそのまま受け取れば、桐也はいずれその組を引き継ぐこととなる。そうなれば、卯堂組との関係は今よりもっと、深いものへと変わっていくはずだ。

そんなことを考えていると、桐也のスマホが鳴った。

「叔父貴だ……もしもし」

口に運ぼうとしていた、桜でんぶで染めたピンク色のうさぎおにぎりを弁当箱に置き、桐也が電話に出る。

椿の様子を尋ねるための定期連絡だろうかと、菫も箸を置いた、そのときだった。

「……そういうことは先に言ってくださいよ!」

静かな部屋に桐也の大声が響き、目を丸くする。

(何か、あったのかな……)

ハラハラしながら見守っていると、「叔父貴……叔父貴！」と、桐也が切羽詰まった様子で、電話口に呼びかけた。

「……切りやがった」

「どうかされたのですか？」

尋ねると、桐也はとんでもないことになったというように頭を抱えて答えた。

「――椿のお迎えに行くことになった」

「え？　椿さんのお迎えに？」

思いがけない言葉に、菫は驚く。

幼稚園の送り迎えは事前に登録申請をした者に限られているので、それだけはこちらに残っている卯堂組の組員たちが担当をすることになっていたはずだ。それを確認すると、桐也も頷（うなず）いた。

「ああ、それが夕方以降は人員が足りないようでな。迎えだけは、俺と菫に行って欲しいと」

「そ、そういうことでしたか……」

聞けば、園への届け出はすでに済んでいるとのことで、菫たちは叔父と叔母という設定で登録をされているらしい。

「さては叔父貴のやつ、すべて計画済みだな……ただでさえ懐かれてねえのに、保護者としてお迎えなんてできるかよ」

桐也は悲痛な面持ちで、眉間に皺を寄せた。しかも椿が通うのは、このあたりでも有名な私立の幼稚園で、教育熱心な家庭の子どもたちが集まっていると聞く。

もちろん椿の両親は、極道であることを隠してそこに通わせていて、だから下手なことをするわけにはいかなかった。

菫も不安はある。しかし、こうなってはやるしかないだろうと、覚悟を決めた。

「桐也さん！　しっかりしてください！　これは雪臣さんからの頼まれごとなのですから。それにうまくいけば、椿さんとの距離を縮められるかもしれませんよ。これはチャンスです。私も力になりますから！」

「菫……」

桐也は一瞬だけたじろいだが、やがてその顔には、ふっと不敵な笑みが浮かんだ。

「そのとおりだな。まったく、おまえには敵わねえ」

そして残りのおにぎりを一気に食べ終えると、うさぎの絵柄がついたピンク色の弁当箱の蓋をかぱりと閉める。

「……よし、準備をしよう」

「はい」

椿に認めてもらうため、完璧な保護者としてお迎えに挑まなければと、菫は大きく頷いた。


キッとブレーキ音がして、黒塗りの車が停まる。

保護者用と看板が立つ駐車場には、ファミリー向けのミニバンや、お洒落な外車が並んでいて、菫たちが乗るフルスモークの重厚なセダンは、異質な存在感を放っていた。

「行ってらっしゃいっす！　兄貴！」

ハンドルを握るマサが、後部座席に座る桐也を振り返って言う。舎弟たちの掛け声には、いつも「おう」と短く答えるだけのクールな桐也が、今日に限っては神妙な面持ちで答えた。

「あらためて聞くが……おかしくないよな？」

髪型と服装を気にするように、ルームミラーを覗き込む。

「全然おかしくないっす！　いつもどおり、いや、いつもより！　超ウルトラスーパーかっこいいっすよ！」

「そういうことじゃねえ！　椿の保護者として、ちゃんとして見えるかって聞いてんだ」

「それはもうバッチリっすよ！」

マサが親指を立て、桐也は安心したように息を吐いた。

あれから菫と桐也は、椿の保護者として恥ずかしくないように服を着替え、身だしなみを入念に整えていた。

幼稚園にお迎えに行くということは、クラスを担当する先生や、仲良くしている友達、そしてそのご両親とも顔を合わせるということである。

であれば、まずは見た目からしっかりしなければならないだろうと、話し合ってそうなったのだ。

そういうわけで、桐也の服装はブラックで統一されたスーツ姿である。今日はしっかりとネクタイを締めていて、髪型はビジネススタイルを参考に、額を大きく出すようにセットした。これはネットの記事を参考にしたものだが、確かにいつもよりも更に、大人の男の雰囲気が増しているように見える。

（桐也さん、素敵です……！）

菫も密かに頷く。マサの言うとおり、今日の桐也は完璧だ。これなら椿の保護者として、何も不安なところはないだろう。

（私も、ちゃんとして見えるかな……）

年齢を考えれば仕方のないことであるが、桐也と比べてどうしても頼りなく見えてしまうことが、菫には気になっていた。あらためて、自分の服装を確認する。

菫のほうは、色無地に袋帯の着物姿だ。きちんとするならばやはり和装だろうと思い、しかし派手すぎる柄はよくないだろうと、深い紫の無地を選んだ。髪型はこれまたネットの記事を参考に、「入学式の髪型」を意識して、上品に結い上げている。

（おかしいところはない、と思うけれど……）

それでもやはり心配で、化粧に乱れはないだろうかと、手鏡を取り出し覗き込む。すると菫の不安げな様子に気づいた桐也が、耳元で「大丈夫だ」と囁いた。

「椿の保護者として、どこに出しても恥ずかしくない。そもそもおまえは、普段から俺よりもずっとしっかりしているしな」

「桐也さん……！」

愛する夫の言葉はまるで魔法のように不安を溶かしてくれて、菫は大きく頷いた。

「さぁ、そろそろ行くぞ」

ドアを開けて、かの地へ降り立つ。

重いドアの音に驚いて振り返った保護者たちが、物物しい服装に身を包んだ菫たちを見て目を丸くした。駐車場から幼稚園までの道のりは僅かであったが、そこにいる彼らをざわつかせるのには十分な距離である。

「まぁ、あれは何？　撮影かしら!?」

　という声が飛んできて、菫は顔を上げた。

「モデルさん？　俳優さんかもしれないわ」

（えっ、モデルさん？）

　どこかでテレビの撮影でもしているのかと辺りを見渡すが、そんな姿はどこにも見当たらず、菫は首を傾げる。しかし周囲のざわつきはどんどんと大きくなり、あちこちでいろんな声が飛び交った。

「すごい格好だし、どこかの社長と社長夫人って線もあるわよ」

「でもちょっとワルそうにも見えない？」

「確かに！　ママの貫禄もすごいわね」

「美男美女ね〜とにかく只者じゃないわよ」

　そんな声が聞こえてきたが、まさか自分たちのことだと思わない菫は、きっとセレブな保護者が来ているのだろうと思い、気にも留めない。

（さすが有名な幼稚園ね……椿さんに恥をかかせないようにしないと）

　そう思いながら幼稚園の門をくぐる。そしていよいよ、椿のいる教室へと到着した。ドアを開けた桐也が、近くにいた女性の先生に尋ねる。

「すみません、『うさぎ組』の卯堂ですが」

「ひっ……」

先生は小さく悲鳴を上げた。

保護者用のカードをぶら下げているとはいえ、見知らぬ顔に声を掛けられて、驚いてしまったのだろうか。その顔に怯えの表情が滲んでいるのが気になったが、菫はそう思って、

「今日は代理で参りました」と説明を加える。

「あ、ああ！　そうでしたね。椿ちゃん、お迎えが来ましたよ」

先生が呼びに行くと、奥から制服姿の椿がやって来た。菫は深呼吸をして、できるだけきちんとした保護者に見えるよう、姿勢を正して微笑んだ。

「椿さん、お迎えに来ました」

が、しかし――菫たちの前に立った椿の顔は露骨にしかめられていた。

「……なに、その格好」

「えっ、ど、どこかおかしいですか？」

「どこかというか全部よ」

「つ、椿さんに恥をかかせないよう、きちんとした服装を考えてきたのですが」

「どう見ても極道だから」

「！」

かぶせるように椿が言った言葉に、菫は真っ白になる。

（そ、そんな……）

そこから一番遠く見えるようにと考えた服装であったのに、よりによってそう断言されるなんて。

隣を見ると、桐也も口をぱくぱくとして言葉を失っている。

「え？　つ、椿ちゃん、いま、なんて？」

そしてもうひとつの声が聞こえてハッとした。気づくと連絡帳を手にした先生がすぐそばに来ていて、椿の言葉を耳にしたらしく青くなっていた。

「こ、この方たちは、やっぱりごくど……」

「――違いますっ！」

菫は飛びつく勢いで、自分とさほど年齢が変わらないであろう若い先生に弁解をしようとする。

「で、でも、おふたりともすごい格好で」

「こ、これは………」

しかし言い訳の言葉が何も思い浮かばず焦っていると、ふいにさっき保護者たちが話していた言葉が蘇った。

(あれは私たちのことだったんだ……！)

かっと全身が熱くなるが、今は恥ずかしがっている場合ではない。モデルも俳優も、極道よりはマシである。

「さ、撮影がありまして！」

咄嗟に言った言葉を聞いて、今度は桐也のほうがぎょっとする。

「さ、撮影……ですか？」

「は、はい……えっと、わ、私たち俳優をしておりまして、その、極道もののドラマの撮影を……」

かなり苦しい言い訳だ。

菫は言いながら自分でそう思ったが、しかし先生は「そうだったんですね！」と手を叩いた。

「どうりで、只者じゃないオーラが漂っていると思いました！」

「っ……あ、ありがとうございます……」

菫は頭を下げたが、この場から一刻も早く逃げ出したい気持ちでいっぱいだ。

「椿ちゃん、素敵なご親戚がいていいわね！」

先生がそう言うと、椿はぎろりとこちらを見上げてから、

「うんっ！　ドラマで活躍するおじちゃんとおばちゃん、だぁ〜いすきっ！」

と、にっこり笑ったのだった。


「ほんっとあり得ない！　あんな極道ファッションで幼稚園に来るなんて！」

屋敷(やしき)に帰宅した椿は、玄関の戸を開けるなり声を張り上げた。

段差にちょこんと座り、小さな手でエナメルのストラップシューズを脱いでいる姿はとても愛らしいが、しかしその顔は明らかに怒りで満ちている。

「すみません……」

「『うさぎ組』が組の名乗りに見えたわよ！　しかも今度は俳優って何？　私のフォローがなかったらどうなっていたと思っているの？」

「…………」

それに関しては本当にその通りで、ぐうの音も出ない。

「申し訳ありませんでした、椿さん。私たち、椿さんの保護者としてきちんとしなくてはと考えたつもりだったのですが……」

草履を揃えた菫は、靴を脱ぎ終えた椿を支えるために手を伸ばす。しかし椿は、その手を取らずにそっぽを向いた。

「やっぱり桐也はパパと比べたらダメよ。あなたもね！」

「本当にごめんなさい。あっ、おやつでも食べませんか？　なんでも好きなものを——」

菫は焦って機嫌を取ろうとしたが、椿は「いらない」と言って、すたすたと自分の部屋に向かって歩き出してしまう。

「あっ、椿さん！」

菫が追いかけると、廊下の曲がり角に見知った人影があってハッとした。

「だいぶ手こずっているようですね」

「拓海さん！」

そこにいたのは、犬飼一家の親分を務める犬飼拓海であった。犬飼一家は裏社会の情報屋として暗躍する組織で、獅月組の傘下だ。しかしその立場は対等であり、桐也と拓海は兄弟の盃を交わしている。

突然の来訪に菫が驚いていると、拓海は深々と礼をした。

「ご無沙汰しております、姐さん」

「こちらこそ、お出迎えもできず申し訳ありませんでした。あの、今日はどうして……」

尋ねると、拓海は薄茶色の髪を耳に掛けながらにこりと笑った。

「シンさんとゴウさんから話を聞きましてね。兄貴の大ピンチだということで、飛んできましたよ」

そう言って、あとからやって来た桐也の顔を見る。

「拓海……！」

と、桐也はまるで救世主に出会ったかのように、その名前を呼んだ。

「預かっている雪臣さんの娘さんと仲良くなれなくて困っているのですよね？」

「ああ！　そうなんだ。努力はしているんだが、俺の力ではなんとも」

「そうでしょうね。口下手で無愛想な桐也さんに、子どもの相手は難しいでしょう」

拓海は爽やかな笑顔で辛辣なことを言ったが、桐也も今日ばかりは言葉を呑み込んでいた。

「僕に任せてください。レディの扱いは得意ですから」

拓海は悪戯っぽく笑い、片目を閉じる。

確かに、情報屋として人心掌握術に長けた拓海であれば、椿の心を摑むことができるかもしれないと、菫も期待した。

「ねえ、部屋に戻りたいんだけど」

大人たちに行く手を阻まれている椿が、苛立つように声を上げる。拓海は「おっと、失礼」と目を細め、彼女の背の高さにしゃがみ込んだ。

「はじめまして、小さなレディ。今日は、素敵なプリンセスが来ていると聞いて会いにきたんだよ。君のために特別な紅茶を用意したんだけれど、僕と一緒に飲んでくれるかい？」

そう言って、にこりと笑う。甘いマスクから繰り出される、まるで童話の王子様のような台詞。用意したのがジュースではなく紅茶であるという点も、大人びた椿にぴったりのように思えて、菫は感心してしまった。

これならば椿も心を開いてくれるに違いない。そう思ったが――。

「……笑顔がうさんくさい」

「……いまなんと？」

「だから、笑顔がうさんくさい」

「…………」

椿に二度も言われ、拓海は爽やかな笑顔のまま固まってしまった。

「パパからはすごい情報屋だって聞いてたけど、子どもひとりだませないんじゃたいしたことないわね」

「は、はは。さすが椿ちゃんには敵(かな)わないね」

「気安く呼ばないで」

「…………」

「それじゃあ行くから。もう邪魔しないでね」

唇の片端を引きつらせ、今度こそ言葉を失ってしまった拓海を置いて、無情にも部屋へと戻ってしまう椿。さすがの拓海でも、彼女には太刀打ちできなかったようだ。

(た、拓海さん、大丈夫かな……)

情報屋としてのプライドをへし折られ、彼のショックはいかほどだろうかと、気持ちを推し量る。立ち去る椿を、ただただ見守るしかできないその背中には、心なしか哀愁が漂っているようにも見えたが、しかし――。

「あの年齢では、まだ僕の魅力はわからないようですね」

くるりと振り返った拓海の顔には、いつもの爽やかな笑みが浮かんでいた。

(さすがは拓海さんだわ……)

そのメンタルの強さに感心していると、まるでさっきのことはなかったかのように、拓海が言った。

「ところでおふたりは、幹部会にでも行っていたのですか？」

「？　いや、違うが」

　幹部会があるのなら拓海も知っているはずで、何故そんなことを訊くのだろうと、桐也が首を傾げる。

「それではどこへ行っていたんです？　その気合いの入りようは、よほどの会合ですよね」

「っ……」

　そう言われて、桐也は赤くなった。

　やはりこの服装は、極道としか思えない格好のようだ。しかもただの極道ではなく、幹部会クラスである。

　菫はいたたまれない気持ちになりながら、小さく口を開いた。

「つ、椿さんの幼稚園にお迎えに行っていました……」

「!?　そ、その格好で、ですか!?」

「や、やはりおかしいでしょうか？　椿さんの保護者としてきちんとするために、桐也さんと考えた服装なのですが――」

「どう見ても極道ですよ」

　かぶせるように、拓海が言う。

「いや、正真正銘の極道なのでそれはいいですが。お迎えに行くだけなら、もっと普通の格好でよかったと思います」

「普通……」

と、董はその言葉を繰り返す。

「雪臣さんはおそらく素性を隠しているでしょうからね。派手な格好をして目立ってしまったのは、少しまずかったかもしれません」

「ああ、その件に関しては本当に椿に悪いことをした」

「それでどう誤魔化したんです？ まさかそのままにして帰るわけにはいかないでしょう」

拓海が訊いたが、桐也は答えたくないというように目を逸らした。ここは、代わりに菫が説明をしなければならないだろう。

「えっと、じ、実は……」

菫は気まずい思いで、ことの成り行きを話した。

「俳優……ですか……？」

「は、はい……極道もののドラマ撮影をしていたと……」

「っ……」

話を聞いた拓海は、腹のあたりを押さえて肩を震わせている。

「お、おい！　笑うな」

「す、すみません。いやぁ、だって桐也さんが俳優……その場面、僕も見たかったです」

「おまえさっきからおもしろがってるだけだろ⁉」

「とんでもないです！　僕はおふたりの力になるべくやって来たのですから」

拓海はコホンと咳払い（せきばらい）をした。

「子どもの相手はともかく、想定した人物に成り切るということでしたら、僕の得意分野です。明日以降もお迎えには行かれるのですよね？」

「はい、だから困っていて……」

菫がそう答えると、拓海は「でしたら僕に任せてください！」と、スマホを取り出してどこかに電話をし始めた。

「……OKだそうです。菫さん、桐也さんも、今から出掛けることは可能ですか？」

「今から、ですか？」

菫は驚いて、桐也の顔を見る。

「椿の護衛があるからな。そう簡単には出かけられないが、何か重要な用事なのか？」

「はい、現時点では急務の案件かと。行き先は百貨店です」

急務との言葉に背筋を伸ばした菫だが、行き先を聞いてわからなくなってしまった。

「あ、あの、どういうことでしょうか」

「そこでうちを担当している外商員は、ファッションが得意でしてね。僕も、よく世話になっているんです。彼に話をつけておきましたから、そこで幼稚園のお迎えにふさわしい服装を、丸ごとコーディネートをしてもらってきてください」

「丸ごとコーディネート……！」

それは今の菫たちにとって、とてもありがたい話だ。お迎えは明日以降もしなければならず、今度こそ失敗をするわけにはいかない。

「椿さんの幼稚園に関する情報もすでに調べ済みですから、ご安心ください。ファッションテーマは『日常にも上品さを忘れない、ちょっぴりセレブなパパママお迎えコーデ』としてオーダーしておきました。この、ちょっぴりというのがポイントです。桐也さんと菫さんは、ただでさえ見た目で目立ってしまいますから」

そう言って、拓海は悪戯っぽく笑った。ファッションに疎い菫には、拓海の言っている内容が言葉としてはわかっても、どんな服装なのかイメージがつかない。

しかし若頭として普段から見た目にも気を遣っている桐也は、拓海の言葉に納得したように腕を組み、何かを考えていた。

すると拓海が、後押しをするように言う。

「それから、ついでにデートでもしてきてください」

しかしその言葉には、桐也は顔をしかめた。

「おまえは何を言っているんだ？　今はそんな場合じゃないだろう」

「少しお茶をするくらいならいいでしょう。休憩も大切です。ふたりとも、慣れないことをしたせいでひどい顔ですよ？」

菫は思わず桐也と顔を見合わせる。目の前にある桐也の顔は、確かにげっそりとしていて、顔色もよくなかった。そしておそらく菫も、同じ顔をしているのだろう。

「いくら服装をちゃんとしても、その顔をしていたら意味がありませんよ」

確かにそれは、その通りである。

デートと表現したのは拓海の茶目っ気で、少し休んでリフレッシュをしてくるべきだという意見はもっともだ。しかしやはり、今この状況で、椿を置いて行くわけにはいかないだろう。そう思って見上げると、桐也も頷(うなず)いた。

「おまえの気持ちには感謝する。しかし今は――」

「大丈夫、椿さんのことは僕が見ておきますよ」

そんな不安などお見通しだというように、すかさず拓海が言う。犬飼一家の親分が護衛を務めてくれるのならそれは申し分なく、菫たちにもう断る理由はない。

「それに、このままじゃ僕のプライドが許しませんからね」

拓海はそう言って、桐也たちを急き立てた。

「ありがとうございます、拓海さん」

菫は彼の気遣いに何度も頭を下げると、急いで着物から洋服に着替えて、桐也と共に百貨店へと向かった。

桐也の運転する車でやって来たのは、この街で一番大きな百貨店だった。

地下駐車場に車を停めて、まずは一階に上がる。するとそこには、煌びやかな化粧品やアクセサリーのブランドが、ずらりと並んでいた。

(ま、眩しい……)

名だたるハイブランドのロゴに負けじと着飾った客たちでフロアは溢れ、まるでファッション雑誌から飛び出してきたようにセンスのいい店員が、品のいい笑顔で接客をしている。店内は眩しいほどの照明で照らされており、その光を反射してぴかぴかと輝く大理石の床に、菫は面食らってしまいそうになった。

そういえば、百貨店に足を踏み入れるのははじめてのことだ。いつもは商店街やショッピングモールで買い物をしているし、桐也が洋服を買ってくれるときは、行きつけのブティックを利用しているので、機会がなかった。

着物から着替えた洋服は、そのブティックで桐也が選んでくれた品で、だから萎縮するようなことはないのだが、それでもやはりまだ、百貨店は気軽に入りづらいイメージがある。

溢れんばかりの高級感に、菫は少し心細い気持ちになって桐也を見上げた。すると視線に気づいた桐也が、すかさず左腕を差し出してくれる。夫のやさしさと気遣いに赤くなりながら、菫はそっと、その腕を取った。

外商用のお得意様サロンは六階にあり、一般のフロアとは仕切られた扉を開けたとたん、ずらりと並んだ店員たちに出迎えられた。

「お待ちしておりました、日鷹様」

その迫力に思わず目を丸くしていると、ひとりの男性店員が一歩前に出た。

「犬飼様からお話は伺っております。わたくし、松永と申します。今日はどうぞよろしくお願いいたします」

どうやら彼が、犬飼家を担当しているという外商員らしい。年齢は四十代の半ばほどで、明るいネイビーのチェックスーツにブラウンのネクタイという、ファッションに疎い菫でもひとめでわかる洒落た着こなしが目を引いた。

「それでは奥へどうぞ」

入り口には受付があったが、そこでやりとりをすることはなかった。落ち着いたブラウンの椅子が並ぶ部屋は、どうやらラウンジになっているようで、喫茶店のように店員がお茶を出している。しかし菫たちは、そこも通り過ぎて、重々しいドアの奥へと通された。

「今日はこちらで、ごゆっくりとお買い物をお楽しみください」

その部屋を見て、菫は息を呑む。

そこは百貨店のなかにあるとは思えない、異空間であった。天井にはクリスタルのシャンデリアがぶら下がり、部屋の中央には寝そべることができるくらい大きなソファが鎮座している。

ガラスのテーブルにはプチガトーとシャンパン、その横には、まるで私たちはスイーツの仲間ですとでもいうように、ケースに入った宝石類がさりげなく置いてあり、驚いてしまった。

「オーダーを伺いまして、各ブランドから商品をご用意いたしました」

松永が手の平で差した方向を見ると、ハンガーラックに掛けられた洋服が壁一面に並んでいて、スーツを着た女性店員がふたり、深く礼をする。

「どれでもお好きなものをお選びください」

　そう言われてもどうしたらいいかわからず、菫は戸惑ってしまう。すると桐也がつかつかと歩み寄り、慣れた様子でラックを見ながら一周したあと、一枚の洋服を手に取って、菫に差し出した。

「これなんかいいんじゃないか？」

　渡されたのは淡い水色のワンピース。柔らかな生地で、手にしただけでふわりと舞うAラインのワンピースは、まるでシンデレラのドレスのようだ。

（あ、かわいい）

　相変わらず、妻の好みを熟知した桐也のセンスに、菫は感心してしまう。するとその様子を見た松永が、すかさずもう一枚を手にやって来た。

「さすがはお目が高い。そのワンピースでしたら、こちらを合わせるのがおすすめですよ」

　彼が持参したのは、クリーム色のボレロだった。

「こちらを合わせることで、ぐっと大人っぽい印象になります。ショート丈のボレロは視線を上半身に集めますので、スタイルも更によく見えるんですよ」

　そう言って、素早くボレロをワンピースに重ねる。その状態で姿見に合わせて見ると、確かにワンピースの印象がより上品に変化した。後ろから覗(のぞ)き込んだ桐也も、納得の表情で顎に手を当てている。

「す、すごくかわいいです……!」

菫が思わず口にしてしまうと、松永はにこりと笑った。

「ぜひ試着なさってみてください。きっとお似合いになりますよ」

「で、でも……」

ちらりと目に入った値札が驚くほどの金額で、どうしようか迷っていると、桐也が背中を押す。

「遠慮せず行ってこい。どうせ必要なものだからな。おまえが行っている間に、俺は自分の服を見ておく」

そう言われて、菫はようやく試着室へと向かった。

「それではこちらへどうぞ」

女性店員に案内されたのは、ベージュのカーテンで仕切られた試着室で、広さが屋敷(やしき)の玄関くらいあり、驚いてしまう。恐る恐る足を踏み入れると、なかにもソファがあって、自分ならここに住めるくらいだと、ついそんなくだらないことを思ってしまった。

上顧客専用サロンの、想像を超えたラグジュアリーさに圧倒されながら、菫は手渡されたコーディネート一式に袖を通す。

（ど、どうしよう。やっぱりすごくかわいい！）

淡い水色のワンピースを着た瞬間、菫の心が大きく弾んだ。

しかも着るだけで品がよく見えて、それに合わせたクリーム色のボレロを羽織ると、清楚なイメージが更に引き立つ。

思わず鏡の前でくるりと回ると、スカートの裾がふわりと舞った。

うきうきした気分でカーテンを開けると、ご丁寧に新品のパンプスが用意されていて、菫は店員に促されるままそれを履く。もちろんそのパンプスも、このコーディネートにぴったりのデザインだった。

「桐也さん」

名前を呼ぶと、ハンガーを手に松永と話していた夫がこちらを見る。

「菫……！　よく似合っている。思ったとおりだ」

「あ、ありがとうございます」

思ったとおりだという言葉がうれしくて、菫は赤くなった。

「ボレロを合わせると、本当に雰囲気が変わるんだな。さすがはプロだ」

桐也が感心したようにそう言うと、松永は「恐縮でございます」と礼をする。しかしそ

の数秒後には、

「首元にパールのネックレスがありますと、より一層華やかになりますよ」

と、にこにこしながら次の商品を手にしていて。それもまたプロの為せる技なのだろうと、その鮮やかさにも感心してしまった。

「桐也さんは、それにされるんですか？」

手に持っている洋服が気になって、訊いてみた。

「ああ、すすめられて気になったんだが、おまえはどう思う？」

そう言って、濃紺のテーラードジャケットとセットアップのパンツを、体の前に合わせる。

「爽やかでいいですね！　きっとお似合いになると思います」

菫は感じたことを素直に伝えたが、しかし桐也は迷ったような素振りを見せた。

「それなんだが――俺には、少し爽やかすぎないか？」

確かにこのジャケットは、普段着ているスーツに比べるとカジュアルな印象だ。

しかし「お迎え用」のコーディネートとしてはちょうどいいくらいであるし、普段は若頭としての貫禄を出すために重たいスーツを着ている桐也であるが、普段着ならこのくらい軽いファッションでもいいように思えた。それに我が夫なら、どんなファッションだってきっと華麗に着こなしてしまうだろう。

「そんなことはないですよ。桐也さんなら、きっと似合います！」

「はい！　わたくしもそう思います」

手をグーにして力強くそう言うと、いつの間にかすぐ横に松永がやって来て、同じポーズを取る。

「……それじゃあ、着てみるか」

ふたりの圧に押されたように、桐也は試着室へと向かう。「どうせならインナーも合わせてみてください」と、松永がそのあとを追いかけた。

桐也の着替えを待つ間、女性店員からアクセサリーの提案を受けていると、背後から松永に声を掛けられた。

「奥様、ご主人様をご覧になってください！」

その弾んだ声に振り向くと、そこには少し照れたような表情の桐也が立っている。

「着てみたが――どうだ？」

「桐也さん……すごく……すごくお似合いです！」

菫はそう言って口元を覆うと、ほうっとため息をついた。

見慣れないカジュアルなジャケット姿は、新鮮さも相まって、桐也のかっこよさを更に引き立てている。

ジャケットの下にはいつもワイシャツを着ている桐也だが、松永が提案をしたのは形のいいホワイトのカットソーで、ジャケットを羽織っていてもカジュアルな印象がそのままなのは、きっとそのおかげなのだろう。しかし決して軽いばかりではなく、品の良さもちゃんと同居している。

拓海に言われたときはピンとこなかったが、これはいかにも「日常にも上品さを忘れない、ちょっぴりセレブなパパママお迎えコーデ」といった感じだ。

（プロってすごい……）

さすがはあの拓海が信頼する百貨店マンだと、菫はまた感動してしまう。そっと桐也の横に並び鏡を見ると、こんな自分でも様になっていて、そのことが何よりもうれしかった。

（そういえば出会ったばかりのころ、あまりにもみすぼらしい服装をしていた私を気遣って、桐也さんが服を買ってくれたっけ）

それが今では、夫婦として一緒に買い物をしているのだから、運命とは不思議なものだ。

菫は懐かしい気持ちになりながら、桐也を見つめる。すると視線に気づいた桐也が、恥ずかしそうに目を伏せながら言った。

「なんだか、別人のようだな。しかし、悪くない」

菫は「はい！」と力強く頷く。ついでに松永と女性店員たちも、にこにこと満足そうに、首を縦に振っていた。

「お気に召していただいたようで何よりです。ぜひ、こちらはお召しになったままお帰りください」

「ああ、いいものを見繕ってくれて感謝する」

菫も「ありがとうございました」と礼を言う。会計をするために桐也がカードを取り出すと、松永は首を振ってそれを遮った。

「お代はあとで犬飼様からいただくことになっております」

「拓海に？」

「はい。ですから本日は、存分にお買い物をお楽しみくださいませ。まだまだ時間は、たっぷりありますよ」

するとその言葉を合図に、奥から更に大量の洋服やアクセサリーを持った店員がわらわらと現れて、目を丸くしてしまう。

（もしかして拓海さんは……桐也さんのスパダリ!?）

そして混乱した菫はつい、そんなことを思ってしまうのだった。

「さっきは驚きましたね」

菫はそう言って、ミルクティーが揺れるティーカップをそっとソーサーに置いた。

「まったくだ。あいつの気遣いは、いつも度を越えている」

桐也もため息をついて、コーヒーを口に運ぶ。

敏腕の百貨店マンはセールストークもさすがで、菫たちは結局、最初に着たワンピースとスーツの他にも、いくつかの洋服を買わされてしまった。

「まぁ、毎日同じ服装をして行くわけにはいかないからな。結果的には助かった。洋服の代金は、あとで違う形で届けさせればいいだろう」

「はい、それにお礼も用意しますね」

そんな会話をしていると、「お待たせいたしました」と店員がやって来た。テーブルの前に置かれたのは、アフタヌーンティーのセットとショートケーキ。

「わぁ、すごくかわいい！」

目の前に置かれた煌(きら)びやかなスイーツを見て、菫は思わず歓声を上げた。

百貨店内にあるこのカフェは、童話のプリンセスをモチーフにしたアフタヌーンティーが有名で、一度来てみたかったのだ。

菫が注文をしたのは、大好きなシンデレラをテーマにしたアフタヌーンティー。

三段のケーキスタンドには、ブルーのマカロンや馬車をかたどったシュークリーム、ミニパフェやホワイトチョコレートなど、まるで宝石のようなスイーツが並んでいる。

菫は思わず、ほうっとため息をつき、スマホを取り出して写真を撮った。つい夢中になって撮影をしていると、ふと桐也がこちらをじっと見ていることに気がつく。

「あっ、すみません。私ったら、桐也さんを待たせてしまって」

菫が謝ると、桐也は少し体を乗り出し、囁くように言った。

「俺も、写真を撮っていいか？」

「え、あ、はい！　もちろんです」

その言葉を意外に思いながら、菫はケーキスタンドを桐也のほうへと寄せる。しかし桐也は、取り出したスマホをそれには向けることなく、首を振った。

「いや、ケーキじゃなくて、おまえを撮りたいんだ」

「えっ？　わ、私をですか!?　え、えっと、それは」

思いがけない言葉にうろたえると、それを否定の意味だと勘違いした桐也が、慌てたように言う。

「す、すまない。やはりダメか？」

「い、いいえ！　ダメじゃないです！　でも、どうして」

「どうしてって、おまえがかわいいからに決まっているだろう」

「っ……」

まるで当然のようにそう言われて、菫の頬は、ショートケーキの苺と同じくらい真っ赤になる。

「その水色のワンピースも、本当によく似合っている。シンデレラのスイーツと色も合っているし、せっかくだから撮りたくなったんだ。ダメか？」

桐也が自分から菫の写真を撮ろうとするのは、はじめてのことだ。とても照れくさいが、同時にうれしくもあり、菫は小さな声で返事をする。

「い、いえ、桐也さんに撮っていただけるなんてうれしいです」

桐也は安心したように口元をほころばせると、スマホを菫のほうへと向けた。

カシャリ、とシャッター音が鳴る。この音を、こんなにも恥ずかしく感じたのは、はじめてのことだ。

「と、撮れましたか？」

遠慮がちに訊くと、桐也は小さく笑って画面を見せた。

「ああ、いい写真が撮れた。ありがとうな」

そう言って、少しはにかみながらスマホをしまう。すると菫にも、むくむくと欲が涌いてきてしまった。

「あの、私も撮っていいですか？」

「ん？　ショートケーキをか？　すまない、もう食べてしまって――」

「いえ、違います。桐也さんの写真です」

桐也はケーキを喉に詰まらせそうになりながら、「俺の⁉」と叫んだ。この流れであれば当然のはずだが、そう思わないあたりが桐也らしい。

「別に構わないが、どうして俺なんかを撮るんだ？」

「桐也さんと同じ理由ですよ」

菫はそう言ってシャッターを切り、画面に収まっても美しい我が夫の姿を確認する。

「うん、やっぱり今日の桐也さん、すごくかっこいいです」

自分を褒められることには慣れていないが、愛する夫を褒める言葉ならするすると言うことができて、「いつもかっこいいですけれど」と付け加えると、桐也は「言い過ぎだ」と照れたように頭を掻いた。

「しかしこの服装、本当におかしくないか？　俺はこういうのは、どうも着慣れなくてな」

「おかしくなんてありません！　確かに普段の桐也さんは、スーツで貫禄のあるイメージです。もちろんそれも似合っているのですが、こういうカジュアルな着こなしも、すごく新鮮ですよ。なんというか、その……ギャップにドキドキしてしまいます」

桐也にその魅力を伝えるため熱弁をふるった菫は、最後にうっかり本音を漏らしてしまう。

いつもと雰囲気の違う服装に身を包んだ桐也を前にして、実は菫の胸は、さっきからずっと弾みっぱなしなのだ。しかも、こんな時間にゆっくりと素敵な店でお茶をするなんて、なかなかできないことである。

（なんだか、私服デートみたい……）

別に普段制服を着ているわけではないのだが、菫も菫で決まった服装が多いため、そんなことを思ってしまった。

あたたかいミルクティーを飲み、甘いスイーツを口に入れると、心と体が、ゆるゆるとほぐれていく。そしてはじめて、ここ数日の自分がずっと肩肘を張っていたことに気がついた。

（もしかして拓海さんは、ここまで考えてデートの提案をしてくれたのかな）

おどけた風を装いながら、いつもこうして自分たちのことを気遣ってくれる兄弟分の存在に、菫はあらためて感謝をする。

気持ちが落ち着いてきた菫は、思わずほうっと息を吐く。ふと、小さな笑い声が聞こえて隣のテーブルに目をやると、椿と同い年くらいの男の子を連れた母親がいた。

幼稚園の帰りと思しき親子は楽しそうに会話をしていて、男の子は身振り手振りで一生懸命に、今日あった出来事を伝えている。そのたびに母親は、「うん、うん」とやさしい笑顔で頷いていた。

（幸せそうな親子……）

それを見た菫は微笑ましい気持ちになりながら、しかし悲しげに視線を落とす。

やはり家族の愛情を知らない自分が、椿の保護者になることなど無理だったのだろうか。

いや、そんな大そうなことではなく、ただ桐也の力になりたかった。そして何より菫自身が、椿と心を通わせたかった、それだけなのに。

やることなすことが裏目に出て、挙句の果てに大失敗をしてしまったのだ。

「桐也さん、本当にすみません」

「何を謝るんだ？」

コーヒーを飲む手を止めて、桐也が訊く。

「力になるなどと言っておいて、結局は椿さんを怒らせてしまいました」

「それは俺のせいだ。俺だって、あのスーツを大真面目に選んだんだからな。『普通の格好』と言われても、俺にはその『普通』がわからねえ……」

桐也がぽつりと呟いた。

菫もそれは同じだ。そして桐也の言う「普通」というのが、ただ服装のことを言っているのではないということも、よくわかる。

家族に虐げられて生きてきた菫も、同じように「普通」がわからない。

街を歩けば幸せそうな家族連れの姿が当たり前のようにあって、昔からずっと、まるで自分だけがこの世界の登場人物ではないような、そんな気がしていた。

家族の誰にも愛されたことがない自分が、他の誰かから愛されるはずなんてない――。

そう思って、「普通」の幸せなどとっくに諦めていた菫だが、桐也に出会ってすべてが変わった。

愛したひとから愛されるという、奇跡のような幸せ。

そして桐也と夫婦となった菫は、ようやく、本当の家族を手に入れることができたのだ。

（本当の家族……）

哲朗に言われた言葉を、また思い出す。

確かに自分たちは「普通」がわからない似た者同士のふたりだ。しかし、家族の絆は決して血の繋がりによらないことを知っているふたりだからこそ、できることがあるのではないだろうかと、そうも思う。

「桐也さん……もう一度だけ、椿さんに歩み寄ってみませんか？」

そう言うと、桐也はその口元にふっと笑みを浮かべた。

「ああ、俺も同じことを言おうと思っていた。こんなことでめげている場合ではないからな」

「はい！　頑張りましょう」

桐也も同じことを考えていたことがうれしくて、菫は弾んだ声で頷く。

「さて、そうと決まれば……どうするか。ここのケーキを土産に持って帰ったら、喜ぶだろうか」

「幼稚園の帰りに連れて来てあげてもいいかもしれませんね。このアフタヌーンティーを見たら、椿さんもきっと笑顔になるはずです」

「ああ、それはいい。このアフタヌーンティーは見た目もいいし、何よりいろいろなスイーツが載っていてテンションが上がる」

いつの間にか自分の感想を言っている桐也を見て、菫は思わずくすりと笑ってしまう。

「桐也さんも、アフタヌーンティーにしなくてよかったんですか？」

そう訊くと、桐也は赤くなって苦笑いをした。

「それは頼めないだろ」

「どうしてですか？」

「ただのアフタヌーンティーならまだしも、大の男がプリンセスのアフタヌーンティーはさすがに無理だ」

「そうでしょうか」

桐也がプリンセスのアフタヌーンティーを頼んだところで、菫は「それもまたかわいい」と思うだけだが、世間の目を考えるとそうなってしまうのかもしれない。

などと考えていると、さっきの親子の元に、菫が注文したのと同じシンデレラのアフタヌーンティーと、チョコレートケーキが運ばれてきた。

（あの子は男の子だし、シンデレラのアフタヌーンティーはお母さんの注文かな……）

桐也とそんな話をしたばかりだったのでそう思っていると、ケーキスタンドは男の子の側に置かれた。

「わーい！　シンデレラのアフタヌーンティーだ！　かわいい！」

「ふふっ、リョウくんは本当にかわいらしいものが好きね」

「うんっ！　僕、こういうの大好き！」

男の子は満面の笑みで両手を挙げ、それを見た母親もうれしそうに笑っている。

そのやりとりを見た菫は、ハッとあることを思い出した。

「桐也さん……私たちは、椿さんのことを何も見ていなかったのかもしれません」

「どういうことだ？」

と、桐也がこちらを見る。

椿と仲良くなりたいという気持ちばかりが先走って、菫は大切なことを見落としていた。

（これじゃあ椿さんがこちらを向いてくれないのは当たり前だわ……）

そのことに気づかせてくれた親子を見ながら、菫は今度こそ椿に向き合おうと決心するのだった。

第四章　クッキーの宴

翌日、菫は桐也と共に椿のお迎えに赴いた。

百貨店でコーディネートされた服を着て行ったおかげか、桐也に黄色い声が飛ぶことがあっても、昨日のように奇異な目で見られるようなことはなくなり、ほっと胸を撫で下ろす。

しかし椿の態度はやはり変わらず、先生やお友達に愛想を振りまいたあとの車中は、ムッとして何も喋らなかった。

そして屋敷に到着すると、椿はひとりさっさと靴を脱いで、「本を読むから構わないで」と自分の部屋へと行ってしまう。

それを為す術もなく見送りながら、桐也があとから来た菫を振り返って言った。

「どうする？　呼びに行くか？」

「いえ、椿さんは本を読みたいと言っているのですから、邪魔をしては悪いです」

桐也は「そうか」と頷いたが、その目には焦りの色が見える。

無理もない。椿を預かる期間は数日しかなく、この調子では距離を縮めるどころか、彼女と話す機会すらないかもしれないのだ。

「大丈夫です」

しかし毅然とした態度で、菫は言った。

「もうしばらくしたら、椿さんの部屋に行ってきます。そこで私が、話をしてみますから」

「わかった。それじゃあ俺は、マサたちに連絡をしておく」

「お願いします」

菫は小さく礼をして、桐也の後ろ姿を見送った。

（よし、私も準備をしないと）

気合いを入れて、菫は屋敷の台所へと向かう。もしかしたら今からする準備は、徒労に終わってしまうかもしれない。しかしそれならそれで構わないと、菫は思った。

そもそもこれまでの菫たちは、椿と親しくなるのを急ぎ過ぎていたのだ。そして「きちんとした保護者」になることにも、囚われ過ぎていた。

血を分けた家族ですら、心を通わせるには努力が必要なのだ。互いを理解し合うために、たくさんの話をして、たくさん触れ合って、たくさんの愛情を伝え合う。

昨日のカフェで見た親子は、きっとそういう時間をたくさん経ているから、あんなふうに笑い合うことができるのだろう。

そして菫は実の家族と、それができなかった。

椿のことは、ただ生活の世話をすればいいと割り切ることもできるのかもしれない。

しかし卯堂組とは、これからより一層強い協力関係を築かなければならない間柄であり、何より雪臣は、桐也が恩義を感じている叔父貴分だ。

だからその娘である椿には、菫だって認められたい。少なくとも、歩み寄る努力だけは諦めたくないと、そう思ったのだ。

あらかたの準備を終えて、菫は椿の部屋へと向かう。盆に載った飲み物を置き、障子戸の前で声を掛けると「入っていいわ」と、大人びた声が返ってきた。

「失礼いたします。飲み物をお持ちしました」

そう言って、よく冷えたガラスのコップをことりと置くと、椿は机に向かって読んでいた本をぱたりと閉じ、菫のことをきっと見据えた。

「それくらい自分でやる――」

言いかけて、椿は机に置かれた飲み物――牛乳に釘付けになった。

「お好きなんですよね。桐也さんに頼んで、お母さまに訊いてもらったんです。そうしたら、椿さんはお茶やジュースはあまり飲まず、牛乳が大好物なのだと」

「か、勝手なことしないで！」

椿は顔を赤くしながらも、牛乳をちらちらと横目で見ている。そして。

「ま、まぁでも、ちょうど喉が渇いていたから飲んであげるわ」

そう言うと、まるでもみじのような小さな手でコップを取り、ごくごくと喉を鳴らした。

（椿さん、よほど喉が渇いていたんだわ）

と、それを見た菫は申し訳ない気持ちになってしまう。

椿との関わり方を振り返って、反省しなければならない点はいくつもあるが、その大きなひとつは、彼女とよく話をしなかったことだ。

好きな食べ物は何か、おやつはいつも何を食べるのか、毎日どんなことをして遊んでいるのか——。

初めて会う、ましてや面倒を見ると預かった子どもを相手に、訊かなくてはならないことは山ほどあった。しかし菫はそれをすることなく、自分勝手にそれらを押し付けてしまった。

もちろん、よかれと思ってしたことだ。しかしサプライズパーティーも、たくさんのおやつやジュースも、そしてかわいらしいお弁当も、椿が望むものではなかった。

（それからもうひとつ、気づいてあげなければいけなかったこと……）

これは明らかな菫の落ち度で、椿ははっきりと態度に出していたにもかかわらず、気づけなかったことがある。しかしだからといって、ずけずけと踏み込んでいいことでもない。

だから菫はまず、椿と話をしようと思ったのだ。

「今日は幼稚園でどんなことをしたんですか？」

菫が訊くと、椿はいつものように、ぷいっとそっぽを向いた。

「あなたに言う必要ある？」

「そうですね……端的に言ってしまえば、ない、です。でも、私が知りたいのです。それではダメでしょうか？」

しかし菫はめげることなく、にこりと笑って尋ねる。できるだけ椿の話を聞こうと決めたのともうひとつ、菫は彼女に対して子ども扱いすることをやめた。

椿は賢い子どもであるし、それ以前に、子どももひとりの人間として対等に接しなければ、心を開いてくれないだろうとそう思ったのである。

「……どうして知りたいの？」

「椿さんと仲良くしたいからです」

隠さず言うと、椿は小さく息を呑んだ。

「仲良く？」

「はい、幼稚園でどんなことをしているのか、どんなお友達がいるのか。そういうことをたくさん知れたら、きっともっとお話しできて、椿さんと仲良くなれるんじゃないかって、そう思いました」

　するとしばらくして、そのかわいらしい瞳が、きょろりと動いた。

「……そんなに言うなら話してあげてもいいわ」

「ありがとうございます！」

　菫が両手を合わせると、椿は仕方なくと言った様子で「ふんっ」と息を吐き、こちらを向いてくれた。それだけでも、大きな進歩だ。

「今日は……明日やるお誕生日会の準備をしたの」

「まぁ！　そうなんですね。それは楽しそうです」

　それはきっと、雪臣が言っていたお誕生日会のことだろう。椿はその日を楽しみにしていると聞いていたが、しかしその顔は少し浮かない様子だった。

「……椿さん、どうかしましたか？」

　尋ねると、椿はハッと顔を上げ、ふるふると首を振る。

「べ、別にどうもしないわ。お誕生日会なんて、た、楽しみじゃないしっ」

雪臣の話とは反対のことを言う椿が気になって、菫はその目をじっと見た。

「お父さまから、お友達のお誕生日会だとお聞きしました。椿さんは、その日を楽しみにしていると」

「パパが？」

菫は「はい」と頷く。

「お父さまが椿さんを託したのは、このお誕生日会に椿さんを行かせたかったからなんですよ。だから、もし何か心配ごとがあるなら話してください」

そう言うと、椿はその小さな唇をぎゅっと結んで、しばらくしてからか細い声で言った。

「プレゼント……」

「プレゼント？」

菫が訊き返すと、椿はこくりと頷く。

「仲良しのエミちゃんに、特別なプレゼントをあげたいの。でも、思いつかなくて……」

その口調はいつもの大人びたものではなく、椿は心から悩んでいるようであった。

その答えは簡単に提案できるものではなく、菫も考える。もしかしたら、椿のために準備したものが、役に立つかもしれない。そう思って、訊いてみた。

「もしよかったら、手作りのクッキーはどうですか？」

「クッキー⁉」

椿は目を輝かせて顔を上げる。

「はい、心を込めて作ったクッキーなら、きっとお友達も喜んでくれるのではないかと」

そう言うと、椿は「作るわ‼」と大きな声で言い立ち上がった。その反応はまさしく年相応の無邪気なもので、菫は思わず笑みを零してしまう。

すると椿はハッとして、

「べ、別に一緒に作ってあげてもいいわ」

と、恥ずかしそうに頬を桃色にしたのだった。


「よっしゃあ！　獅月組クッキーの宴、開宴だぜぇ！」

広間に野太いシンの声が響いた。

長机には、薄力粉にバター、砂糖、卵と、クッキーを作るための材料が並んでいる。カラフルなトッピングシュガーやチョコレート、色を着けるためのココアや苺、抹茶パウダーも用意してあって、作る前からもう楽しそうな雰囲気だ。

「みなさん、集まってくださりありがとうございます」

菫が笑顔で礼をすると、ゴウとマサが親指を立てて応えた。そしてその賑やかな光景を、桐也が不安半分といった様子で見守っている。

お友達へのプレゼント作りという名目になったのは偶然であるが、このクッキー作りは椿のためにと菫が計画したものだった。

おやつをただ用意するのではなく、一緒になって作れば、その間に会話もできて、距離が縮まると思った。更にそれを皆でやれば、椿も獅月組に慣れ親しんでくれるかもしれない。

そう思って桐也に頼み、いつもの三人にも声を掛けてもらったというわけである。

そういうことならばと、二つ返事で引き受けてくれたと聞いて、菫はあらためて、彼らの懐の深さをありがたく思った。盛り上がったところで、さっそくクッキー作りを開始する。

「さぁ、まずは薄力粉をふるいますよ」

そう言ってふるいを手渡すと、椿が言った。

「どうして粉をふるうの？　そのまま入れてはいけないの？」

「ダマという、粉のかたまりを取り除くためです。それから空気を入れることで、生地の馴染(なじ)みがよくなるのですよ」

菫が説明すると、椿は「そうなのね」と深く頷き、作業に取り掛かった。

ただ言われたことをやるだけではなく、その作業ひとつひとつに納得をしてから取り掛かる姿勢を見て、やはり椿は賢い子どもだと、そう思う。

「バターは室温に戻してあるので、砂糖を入れてよく混ぜてください。これはシンさんにお願いします」

「合点承知の助！」

「ゴウさんとマサさんは、卵を割ってもらえますか？」

「わ、わかりやした！」

「了解っす〜！」

得意な料理のこととなれば、てきぱきと指示を出すことができて、菫はあっと言う間にそれぞれの役割を割り振っていった。

「桐也さんは、こちらを手伝ってください」

「わかった」

桐也は頷いて、菫の横にいる椿を挟んだ場所に座る。器用に粉をふるっていた椿に、「うまいもんだな」と言うと、こんなのは当然だとばかりに「フン」と鼻を鳴らした。

「できたわ」

しばらくして、椿がボウルを差し出す。

「ありがとうございます」

「こっちも完璧っす！」

「シンさんも、ありがとうございます。それではバターに卵を入れて混ぜましょう。そのあとに薄力粉を——」

菫が言いかけたそのとき、「うわあっ」と二つの叫び声が上がった。

「ゴウさん、マサさん！　どうしましたか!?」

「菫さん、すいやせん！　どうにも力加減がうまくいかなくて」

「かっこよく片手でやろうと思ったら失敗したっす！」

菫が駆け寄ると、粉々になった卵で手をべとべとにしたふたりが、眉を八の字にしている。

「何やってんだ、おまえらは！」

桐也に叱られて、大きな男たちがしゅんと肩を落とした。

「ゴウさんは、割るときの力が強すぎるのかもしれませんね。マサさんは、特にかっこよくやらなくて大丈夫ですよ」

菫が慰めていると、椿もやって来て、ゴウとマサの間にすっと入り込んだ。

「貸して、こうやるの」

そして鮮やかな手つきで、卵をボウルに割ってみせる。

「すげえ！　すげえっすよ、お嬢！」

「ありがとうございやす、お嬢！」

「お嬢、カッケー！」

シン、ゴウ、マサが感嘆の声を上げる。その声の大きさとテンションに驚いて、はじめは目を丸くしていた椿だが、すぐに得意げな顔になった。

「べ、別にこのくらいなんでもないわ。私、いつもママの手伝いをしているし」

「椿さん、偉いです！　お母さまは、さぞかしうれしいでしょうね」

菫もそう褒めると、椿の頬がぽっと染まった。

「ママは忙しいから、そんなの当然よ」

菫は「ふふっ」と笑う。こうして見ると、やはり子どもらしいところがあるのだと微笑ましい気持ちになった。

「ありがとな、椿」

そう言って、桐也がふわりと小さな頭を撫でる。

「っ……」

すると椿の頬が、桃色を通り越して真っ赤になった。

「と、桐也はそういうところよ！　軽率にそんなことをしないでちょうだい！」

ひとりだけぴしゃりと言い返された桐也は慌てて「わ、悪かった」と謝る。

（椿さんは、桐也さんを認めていないから冷たくしているというわけではないのでは……？）

あたふたとする椿の様子は、怒っているというよりは、照れて戸惑っているといった感じにも見えた。

（だとしたら桐也さんは、もともと嫌われてなんかいなかったのかも）

このクッキー作りを通して、その誤解が解ければいいなと、そんなことを思う。

そうこうしているうちに生地が出来上がり、それを冷蔵庫で寝かせると、いよいよ型抜きの時間だ。

クッキー作りの醍醐味はやはりこれだろうと、菫は張り切って、ありったけのクッキー型を机に広げた。椿と大きなお友達が歓声を上げる。

「うさぎさんにくまさん、車や飛行機なんかもあります。まるさんかくしかくのシンプルな型もありますし、手で形を作っても味があっていいと思いますよ」

そう言うと、まずは大きなお友達が「わっ」と手を伸ばした。

「俺はやっぱりうさちゃんで！」

「手で丸くするのもいいっすね。俺、素朴なクッキー好きなんで」

「俺が兄貴のために、かっこいいスポーツカーのクッキー作ってあげるっすよ！」

シン、ゴウ、マサはそう言って、それぞれに好きな形を作り始める。

「俺に作ってどうするんだよ」

桐也はマサにそうツッコミを入れながら、型を手に迷っている椿に声を掛けた。

「大人が先にはしゃいじまってすまないな。おまえは決まったか？」

「お花の型にするわ。エミちゃん、お花が好きだから」

「そうか、女の子らしいんだな」

桐也がそう言うと、椿は一瞬だけその手を止めた。

（椿さん……？）

菫はその動きを気にしたが、椿は何事もなかったように、苺パウダーでピンク色にした生地で型抜きをし始める。

「お花とセットなら、葉っぱの型もいいかもしれません。抹茶がお好きでしたら、緑の生地もありますので」

「花の色と合うわね！」

椿の目がきらきらと輝く。ピンクのお花に鮮やかな緑の葉っぱを合わせると、その見た目はとてもかわいらしく、きっとプレゼントにはぴったりだ。

椿はすっかり夢中になって、オーブンシートの上にお花畑ができていった。十分な数がそろったころ、菫は声を掛ける。

「これでお友達のプレゼントは完璧ですね！　それでは今度は椿さんの分を作りましょう」

「えっ、わ、私の？」

彼女は本当に、お友達のためだけに作っていたのだろう。そんなことは考えてもいなかったというように、目を丸くしている椿を見て、なんてやさしい子なのだろうと、菫はあたたかい気持ちになる。

「はい、せっかくなのでぜひ！　どの型にしますか？」

そう訊くと「私は……」と、迷ったように視線を動かした。椿に「あれ」を見せるなら今だろうと、菫は密かに用意していた生地を取り出した。

「椿さん、こんなのはいかがでしょうか？」

それは食紅で赤く染めた生地で、それを丸型にして下地を作ると、その上に小さく丸めた生地を平たくした目を付ける。あとは細い線で顔のデザインを整えれば――。

「あっ、ゼッタイマモルンレッドだ!!」

さっきよりも瞳を輝かせた椿が、はしゃいだ声を上げた。

そう、菫が作ったのはマサ一押しの今期戦隊もの『安全戦隊ゼッタイマモルンジャー』のリーダー、ゼッタイマモルンレッド。

椿に関して、菫が気づいてあげなければいけなかったこと——それは、サプライズパーティーで、彼女がマサの言葉にだけ反応をしていたことだ。

マサが持っていた「ハイパーゼッタイマモルンレッド」とは、ゼッタイマモルンレッドの最終形態であり、そのフィギュアは映画館限定で生産された珍しいものだ。そして椿は、そのことを知っていた。

『いくら限定だからって、ハイパーゼッタイマモルンレッドなんかに興味なんてないんだから！』

椿がマサに言った言葉を、菫は思い出す。

マサはフィギュアが『安全戦隊ゼッタイマモルンジャー』のリーダー、ゼッタイマモルンレッドの最終形態バージョンであることは口にしていたが、その正式名とフィギュアが限定であることは言っていない。

しかし椿がそう言ったということは、彼女がもともとゼッタイマモルンジャーのことをよく知っていたということだ。

（もしあのときに気づいていれば、椿さんは自分の趣味を取り繕ったりはしなかったかもしれない）

シンやゴウが、女の子だから戦隊ヒーローには興味がないと決めつけてしまったように、菫にもそうした思い込みがあって、椿の言葉を聞き流してしまった。

しかしどこかで頭に引っ掛かっていたのだろう。桐也と行ったカフェで、プリンセスのアフタヌーンティーを頼む男の子を見て、菫の記憶がハッと蘇ったのだ。

『ふふっ、リョウくんは本当にかわいらしいものが好きね』

やさしく微笑む母親と、プリンセスのアフタヌーンティーを前に大喜びをする男の子。

男の子がかわいらしいシンデレラを好きなこともあるし、女の子がかっこいいヒーローを好きなことだってある。

そして菫自身は、プリンセスに憧れながらもマサの影響で戦隊ヒーローも好むようになり、どちらの要素も楽しむことができる。

人の好みはそれぞれで、でもそのことは、互いに信頼関係がなければ知ることはできないのだ。だからこそ、たくさんの話をしなければならない。

菫はあの親子のおかげで、そういう大切なことに気づくことができたのだ。

「えっ、ゼッタイマモルンレッド!?」

椿の声を聞いたマサが、顔を上げた。

「わっ、わっ！　マジでゼッタイマモルンレッドだ！　すっげえ！」

と、椿のそばにやって来て手元を覗き込む。すると金髪の大きなお友達に椿はハッとして、表情を変えた。

「あっ、ち、違うわ、私……」

「なぁんだ、お嬢も日曜の朝は戦隊派だったんすね！」

「えっ？」

ゼッタイマモルンレッドに反応したことを、また否定しようとした椿だが、しかしマサに笑顔でそう言われて、目を丸くした。シンやゴウも、やって来る。

「だから『魔法少女プリティピンク』は観ていなかったんすね！　お嬢の趣味を把握しておらず不甲斐ないっす！」

「ヒーローはいいですよねえ。仁義を切って熱いバトルをするところは任侠道に通じるもんがありやすし」

「ヒーローが任侠道に通じてどうすんだよ」

桐也はゴウにツッコミを入れながら、圧倒されてぽかんとしている椿に向き直る。

「椿は、ゼッタイマモルンジャーが好きだったんだな。かっこいいもんな、ヒーローは」

そう言うと、椿は桐也を見上げてから、こくりと頷いた。

「……ゼッタイマモルンジャーは、パパとママみたいだから。パパとママは極道だし、それはみんなには内緒のことだけど、でも、パパとママは何があっても、ゼッタイに私を護ってくれるの」

「ああ、そうだな」

桐也はふっと笑い、こちらを見た。椿が少しだけでも、心を開いてくれたのかもしれないと、見つめ合った菫は思う。

「『この街と君のことは、俺たちがゼッタイマモル！』ですね！」

右手を握って突き上げながら、菫がゼッタイマモルンジャーの決め台詞を言うと、椿の表情がパッと輝いた。

「知ってるの!?」

「はい。戦隊ものは、熱いシナリオがたまりませんよね」

「そ、そうなのよ！」

椿が興奮した様子で立ち上がる。

聞けば幼稚園には戦隊ヒーローの話ができる女の子の友達がおらず、しかしストーリーを語りたい椿は、戦いごっこがメインの男の子相手では物足りないのだという。

「いつでも一緒にお話ししましょう」

そう言うと、椿はにっこりと微笑んでくれた。本好き同士、これをきっかけに仲良くなれそうな気がして、菫もうれしくなる。

「さぁ、そうとなれば他のメンバーも作りましょうか」

「えっ⁉　他のメンバー？」

驚く椿の前に、青と黄色の生地を並べる。あとはもとから用意していた抹茶の緑と、苺のピンクで、ゼッタイマモルンジャーの全員が完成だ。

「うん！　作る！　作るわ！」

椿のはしゃいだ声が響く。大きなお友達もそれに続いて、その日は食べ切れないほどたくさんのクッキーが出来上がったのだった。


楽しいクッキーの宴が終わって夜になり、はしゃぎ疲れたのか、椿は夕飯を食べて早々に寝てしまった。

彼女が眠る隣の部屋で、菫は桐也の淹れてくれたコーヒーを飲む。ほろ苦いコーヒーが体に染み渡り、ほっと息を吐いた。

「今日はありがとうな。おまえのおかげで、少し椿との距離が縮まった気がするよ」

桐也に言われて、顔を上げる。

「そんな……みなさんが協力をしてくれたからです。椿さん、とっても楽しそうでした」

「俺の作ったクッキーは、下手くそだと一刀両断されたがな」

「ふふっ、きっと愛情の裏返しですよ」

菫がそう答えると、桐也は「どうだかな」と言って苦笑いをした。

「しかしおまえはすごいな。あんなに上手に、戦隊ヒーローのクッキーを作れるなんて」

「そう言ってもらえてよかったです。練習をした甲斐がありました！」

「練習？」

聞き返されて、菫はハッとする。

「昨日、夜中に起きてどこかに行っていたのは、そういうことだったのか」

「き、気づかれていたのですね……ご存じのとおり、私は絵がうまくないので……」

まだ家政婦をしていたころ、桐也のために作ったお子様ランチに立てた旗に描いた、下手くそなうさぎの絵のことを思い出して、下を向く。するといつの間にか目の前に桐也が来ていて、菫の頭をそっと撫でた。

「本当に、ありがとうな」

「いえ、こんなことはなんでもありません」

赤くなってそう言うと、桐也は首を振った。

「いや、おまえにはいつも助けられている。どうしてそこまでしてくれるんだ？」

菫は少し考えてから口を開いた。

「桐也さんが、私に家族の絆を教えてくれたからです」

「家族の絆？」

桐也が問い返し、菫は頷く。

「家族に愛されなかった私が、『普通』の幸せを手に入れることなんてできない……ずっと、そう思って生きてきました。でも、桐也さんと結婚をして、たくさんの愛情をいただいて、今の私はとても幸せです」

「そ、そうか……」

と、桐也が恥ずかしそうに顎を掻く。その仕草を見て、菫は「ふふっ」と小さく笑った。

「私、ずっと誰かに愛されたかったんです。そして、信頼のできる家族が欲しかった……だから、その願いを叶えてくれた桐也さんのためなら、どんなことでも力になりたいんです」

「菫……」

じっとこちらを見つめる瞳が、揺れている。

「その言葉を言うなら、俺のほうだ。俺の家族になってくれて、ありがとうな」

そう言って、桐也は遠慮がちに菫を抱き締めた。そのぬくもりを感じながら、菫はふと、口にする。

「……幸せ過ぎて、怖いです」

「怖い？　どういうことだ？」

桐也が体を離す。

「いえ、私の悪い癖です。桐也さんが、こんなにもよくしてくださって、獅月組のみなさんも、まるで家族のように私を迎えてくださいました。でも、幸せを感じれば感じるほど、不安になってしまうときがあるんです。私は妻として姐御として、それだけのことを桐也さんやみなさんに返せているのかなって……」

「不安、か……おまえの言っていることはよくわかるよ」

「え？」

驚いて、その真剣な眼差しを見つめ返す。

「愛情を知らねえのは俺も同じだ。しかも俺はヤクザで、だから家族なんてもんを持つことは諦めていた。しかし、おまえに出会ってしまった」

まるで繊細な宝石を扱うように、桐也がそっと、菫の頬に触れた。

「俺が生まれてはじめて、何を犠牲にしても欲しいと思った愛しい存在……それがおまえだ。だがこうも思ってしまう。一番犠牲にしてしまったのは、おまえの人生なのではないかと――」

「そんなことはありません！」

菫はその胸にすがりつくようにして否定する。

「桐也さんと結婚をして、私は本当に幸せです。たとえこの世界が、世間から見て『普通』ではなかったとしても、私の『普通』の幸せは、もうここにあるのですから」

瞬く瞳を見つめ、菫はそう宣言する。

ああ、答えはとっくに出ていたのだと、そう思いながら。

形のない「普通」になど、もう囚われる必要はない。

(私はこれからもこのひとと、こうしてふたりだけの幸せの形を作っていくんだ)

そしてそれこそが、夫婦になるということ――。

「桐也さん。これからは、私たち夫婦なりのやり方でやっていきましょう。椿さんとの関係は、きっとそうすればうまくいくはずです」

「ああ、そうだな」

と、桐也はもう一度、今度は強く、菫を抱き締めた。

これからもふとしたときに、過去の闇が頭をもたげることはあるだろう。

しかしこのぬくもりさえあれば、きっと乗り越えて行けるはずだと、菫は強くそう思った。

クッキー作りの一件から、椿との仲は目に見えて深まっていった。

翌日の朝ごはんは、リクエストの塩味の卵焼きを「おいしいわ！」と言って食べてくれたし、お迎えも無事に終えることができ、帰宅してからは、幼稚園であった出来事をうれしそうに話してくれる。

「エミちゃん、お花のクッキーをすごく喜んでくれたわ！」

その言葉は菫にとって何よりもうれしく、胸がいっぱいになった。

「ついでに、ゼッタイマモルンブルーのクッキーもあげたの。エミちゃん、ブルーはタイプだと思うから……」

と、ちゃっかりプレゼンまでしている椿には、思わず笑ってしまったけれど。

そんな椿は今、広間にあるテレビに釘付けになっている。長机には好物の牛乳と、昨日山ほど作ったクッキーが並んでいるが、それに手を付けるのを忘れるほどの夢中っぷりだ。

「今よ！　ゼッタイマモルンレッド！」

「最終形態！　ハイパーゼッタイマモルンレッドに変身っす！」

隣で同じ顔をして叫んでいるのはマサである。

マサが椿のためにと持参した『劇場版安全戦隊ゼッタイマモルンジャー　～蘇った暗黒マフィアの逆襲～』のＤＶＤを、仲良くふたりで観ているところなのだ。このあとは劇場版のみに登場したというハイパーゼッタイマモルンレッドのフィギュアを使って、各自お気に入りの名場面を再現するらしい。

「ラストのバトルシーンが熱いのよね！」

「さっすがお嬢！　わかってるっすねえ」

目を輝かせながら語り合うふたりを観て、長机の後方でおやつの御相伴にあずかっていた菫は、「ふふっ」と笑みを漏らす。

「マサさんと椿さん、すっかり仲良くなったみたいですね」

そう言うと、向かいに座っている桐也が、うさぎ形のクッキーを摘みながら答えた。

「まぁ、あいつの頭は子どもと同じだからな」

「戦隊ヒーローの話ができて、椿さんもうれしそうです」

椿は根っからの戦隊もの好きらしく、名作と名高い『予報戦隊オテンキレンジャー』からもれなくヒーローシリーズを追っているマサのことを尊敬すらしているように見えて、菫はふたりの背中を見守る。

画面から目を離さないまま、椿がマサに話しかけた。

「そしてバトルシーンのあとの、ゼッタイマモルンレッドと暗黒マフィアのボス、ブラックプリンスとの対話……これがまたたまらないわ」

「あのシーンは泣けるっすよね！」

「あなたもわかってるじゃない。ブラックプリンスにも、のっぴきならない事情があったのよね……」

「お嬢！ のっぴきならないって、どういう意味っすか⁉」

「……戦隊ヒーローもいいけれどもっと勉強したほうがいいわよ」

ふたりの会話を聞いて、菫は桐也と顔を見合わせた。

「……訂正する。あいつの頭は子ども以下だ」

「そ、そんなことはないですよ……」

菫はそう言いながら、しかし椿がマサを尊敬しているというのは思い違いかもしれないと、作り笑いをする。

そんなこんなで、菫もふたりを見守りつつひっそりと鑑賞をしていたのだが、確かに『劇場版安全戦隊ゼッタイマモルンジャー～蘇った暗黒マフィアの逆襲～』は名作であった。感動のクライマックスを迎え、エンドロールが終わるまでしっかりと正座をして鑑賞をし終えた椿は、涙のあとを拭きながらくるりとこちらを向いた。

「はぁ……最高だったわ……」

そう言って、まるでマラソンを走り終えたあとのような勢いで牛乳をごくごくと飲む。

「マサさんが劇場版のＤＶＤを持っていてよかったですね」

菫がクッキーを差し出しながら言うと、椿は満面の笑みで頷きながら、大皿に手を伸ばした。

「本当に！　桐也の部下もやるじゃない」

「それは俺の指示ではないから複雑だな……」

「桐也もゼッタイマモルンジャーを観たほうがいいわよ。ゼッタイマモルンレッドのリーダーとしての在り方は、若頭の仕事にきっと参考になるわ」

「いや、そいつ警察官なんだろ。参考にならねえよ」

「関係ないわよ！　絶対に観るべき！」

「めちゃくちゃ関係あるだろ！」

桐也は声を張り上げたが、椿にそう言われては断ることもできず、渋々頷いた。そしてその返事を聞いて喜んだのは、金髪頭の大きなお友達である。

「やったぁ！　お嬢のおかげで、兄貴がゼッタイマモルンジャーを観てくれることになったっす！」

マサは土下座をする勢いで頭を下げながら「俺、一生お嬢についていくっすよ！」と宣言し、椿もまんざらでもない表情だ。

椿を中心にわいわいと話している皆の姿を見て、菫は微笑ましい気持ちになりながら、しかし同時に寂しい気持ちにもなってしまう。

（せっかく仲良くなったけれど、一緒に居られる時間はあと少し……）

椿を預かるのは一週間の約束で、今日はもう木曜日。平日の日中は不在であるし、日曜日の朝には雪臣と八重が迎えにやって来るのだ。

（土曜日はお休みだし、何か特別なことができたらいいのだけれど……）

しかし現状の桐也と菫は、椿を面倒見ながらも護衛する立場であり、あまり出歩いたりするのはよくないのかもしれない。であれば、昨日のクッキー作りのように家でやれる遊びをしたほうがいいだろうか、などと考えていると、椿がもぐもぐと口を動かしながら言った。

「――ハルくんから聞いたんだけどね」

「はい」

椿から話をしてくれるのがうれしくて、菫はにっこりと頷く。

「土曜日に、遊園地でゼッタイマモルンジャーのショーがあるんですって」

「まぁ！　そうなんですね！」

それはこの前に言っていたショーのことだろうかと、菫はマサの顔を見る。するとやはりそのようで、マサはスマホを操作して画面を見せた。

「これっすね！『安全戦隊ゼッタイマモルンジャー　秋の遊園地ショー特別編』！」

「そう！　それよ！」

「俺も行きたいと思ってたんすよ！　なんたってこのショーは特別編っすから！」

「普通のショーと何か違うのか？」

桐也が訊くと、マサは拳を握って力説した。

「違うも何も、このショーは敵のボスであるブラックプリンスが登場するんすよ！　ゼッタイマモルンレッドとブラックプリンスがショーに揃うのは、滅多にないことなんす！」

目を輝かせて、「うん、うん！」と頷いている椿に、菫は問いかける。

「椿さんは、そのショーを観に行きたいのですか？」

しかし椿はハッとしたあとで顔を赤くし、小さな声で言った。

「べ、別に、行きたいわけじゃないんだけれど……」

それを見て、菫はふっと笑みを漏らす。たった数日のことであるが、彼女のことを意識して見てきたからこそ、それは彼女のあまのじゃくな反応だとわかった。

(この遊園地ならそう遠くはないし、椿さんの願いを叶えてあげたいけれど……)

桐也はどう思っているだろうかと、その表情を窺う。すると桐也もこちらを見ていて、まるで菫の言いたいことはすべてわかっているというように、深く頷いた。

「――連れて行ってやろうか?」

桐也の言葉に、椿は顔を上げる。

「ほ、本当!?」

「ああ、おまえは卯堂組の娘として留守をしっかり護ってくれたからな」

「ありがとう! 桐也」

椿は立ち上がり、「やったぁ!」と両手を上げて飛び上がった。

思いがけずヒーローショーに行けることになった大きなお友達も一緒になってジャンプをしている。

「私も、椿さんを連れて行ってあげたいと思っていました。でも、いいんですか?」

桐也が自分と同じ気持ちを持っていたことを喜びながらも、菫は訊いた。

「街中や遠くはまずいかもしれないが、遊園地で何かあったりはしないだろう。念のため、護衛は複数つける」

「わかりました。私は椿さんのお世話に専念しますね」

そう言うと、桐也は「ああ、頼む」と頷いた。

土曜日が楽しみだと言いながら飛び回っている椿の様子は、無邪気な子どもそのもので、最後の日に素敵な思い出ができるといいなと、菫はそう思うのだった。

＊＊＊

「ンフフ。久しぶりだねえ、美桜（みおう）クン」

ゴシック風の黒いシャンデリアが灯（とも）る、薄暗い部屋。革張りのソファに足を組んだ男が、ウルフカットの長い髪を揺らしながら艶っぽく笑った。

ちらりと見えた左の耳には、シルバーやブラックメタルのピアスが所狭しと着けられている。久しく会わない間にまた数が増えたようだと思いながら、対面に座った美桜は、その真っ黒な部屋をぐるりと見回した。背後に立つ清史（きよふみ）も、心なしか居心地悪そうにしている。

「相変わらず趣味の悪い部屋だね。化け物でも出そうだよ」

「アハッ、最高の褒め言葉をアリガト❤　美桜クンがボクの部屋に来てくれるなんて、想いを確かめ合ったあの日の夜以来でドキドキしちゃうよ」

そう言われた美桜は、あからさまに顔をしかめる。

「おかしな言い方をするな。あの日はどっちつかずの鴉に、この街で誰に従うのが得策かを教えに来てやっただけだ」

今日ここに来たのも、たまたま車で近くを走っていたときに、「進捗があった」と連絡があって、仕方なく寄ってやっただけのこと。

「そうだったねえ。大丈夫、ボクたちは美桜クンの味方だよ。古臭い極道は大キライだからね」

しかし男は美桜の様子など気にも留めないように、血のように赤いワインをグラスに注いだ。

腰まであるだろう長い髪は、鴉の濡れ羽色。グレイのメッシュが入った前髪で隠された右目がどうなっているのかは、長い付き合いの美桜もいまだ知らない。

確かに趣味の悪い部屋であるが、黒のナポレオン風ジャケットを羽織り、室内だというのに黒い羽根のマフラーを首から下げている浮世離れしたこの男には、よく似合っていた。

彼の名は、八鴉宵――この街の汚れ仕事を請け負う掃除屋、八鴉連合の代表だ。

「そんなことより、さっさと進捗を話せよ」

美桜はグラスを手に取り、苛立ったように言った。

「まぁ、そう慌てないでよ。普段なら女の子ひとり攫うくらいワケないんだけどさぁ。そこは天下の獅月組、どうにもスキがなくって」

「どの口が言っている？　奴らは古臭い極道なんだろう」

「それはそれ、これはこれだよ」

宵は「ンフフ」と笑って、ワインを傾ける。

「でもね、ようやくビッグチャンスが巡ってきたんだ！　しかもボクにぴったりの舞台！さっそく準備に取り掛かってるから安心してねって、今日美桜クンに話したかったのはそういうコト。ただそれがどぉ～しても、大がかりなものになっちゃいそうなんだよね」

そう言って、宵は後ろ髪をくるくるさせながら、意味ありげにこちらを見る。

どうせ費用のことを言っているのだろうと、美桜は片方の眉を上げた。いかにも鴉らしい下品さには辟易するが、天下の龍桜会を舐めてもらっては困る。

「いくらかかってもいい。確実に娘を仕留めろ」

「さっすが美桜クン♥」

宵は両手を組むと、大げさに喜んでみせた。

「それじゃあ思う存分やらせてもらうね！　あっ、ただしボクは女性と子どもは傷付けない主義だから。コトが済んだら、お嬢チャンは解放するよ」

「わかっている。卯堂組への脅しになれば、なんでも構わない」

「オッケー！　じゃあそれまでは、ボクたちが丁重におもてなしをさせてもらうね。だってこんなの、お嬢チャンがかわいそうだもん！」

そう言って宵は眉尻を下げたが、美桜は「フン」と息を吐く。

八鴉連合は、もともとは八鴉組という小さな極道組織であった。しかし時勢についていけず、シノギに困った組長——宵の父親は、あるとき隣町のシマを狙って、単独で抗争を仕掛けた。

それは、半ばやけになっての行動だったのだろう。勝てるはずのない争いによって、父親は命を落とし、組の幹部も全滅。母親はやがて精神を病み、家を出て行った。

残された宵に残ったのは、大きな心の傷と、家族を巻き添えにした父親への恨みだけ。

その後、宵はたったひとりで八鴉組の業態を一新し、同じように昔ながらのシノギで稼げなくなった弱小の極道を集めて連合となった。そして暗殺や誘拐など、この街の汚れ仕事を引き受ける『掃除屋』となったのだ。

彼が持つ、女と子どもは傷付けないというポリシーは、おそらく自身の経験からくるものなのだろう。

「別に、かわいそうなんかじゃない」

誰にともなく、美桜は言った。宵がグラスを口元に運ぶ手を止める。

「どうしてさ？　だってその子は、組長の娘なんかに生まれちゃったばっかりに、怖い思いをするんだよ？　そんなの理不尽じゃないか」

「組長の娘なら、それくらいの覚悟があって然るべきだよ。女だろうと子どもだろうと、そんなのは関係ない」

「えーでも美桜クンだってさ！　あの龍桜会の息子なんだし、ちっさい頃からイロイロと辛い目に遭ってたんじゃないの？」

同じ立場の者同士であればわかり合えるはずだと言わんばかりに、宵が上目遣いをしてこちらをじっと見る。

辛いことなら、数え切れないほどあった。何故極道の家なんかに生まれたのだろうと、自らの運命を呪ったことだって何度もある。

（だが、嘆いたところで何になる？）

この世界で運命に抗いたければ、戦うしかない。力のない者は、力のある者に淘汰されるだけで、それはその娘も同じだ。

かつて同じ立場であった美桜は、しかし黒いダイヤモンドの瞳に魅せられ、いつかその宝石ごとこの街を手に入れてみせると、心に誓った。

そのためには、戦うしかない。

戦って、戦い続けて、この世界の頂点にまで上り詰める。

そして本当の孤独を知ってもなお、己の運命を受け入れた自分こそが、それを成し遂げるにふさわしい人間なのだ。

しかし美桜は、その多くを決して語らない。

「――さぁね、もう忘れたよ」

そう答えると、何故か宵は満足そうに笑みを浮かべた。

「ンフフ、好きだよ。美桜クンのそういうトコ」

宵はアイラインで縁取られた瞼（まぶた）をぱちりとして、グラスのワインを飲み干す。

いったいどういう意味で言っているのか、捉えどころのない彼の腹の内はわからない。

しかしそんなことはどうでもよく、美桜もワインを口に運んだ。

ことさら芝居がかった口調で、宵が言う。

「もうすぐとっておきのショーを見せてあげるから、楽しみにしててよね♥」

灰色がかった鴉の瞳が、ぎらりと光っていた。

第五章　ヒーローショー

椿と過ごす、最初で最後の休日。

菫たち獅月組一行は、遊園地へとやって来た。

メンバーは他に、シンとゴウとマサ、そして犬飼一家の拓海である。

桐也たちの任務はもちろん椿の護衛であるが、彼女と思い出を作るためにも、今日は皆で遊園地を思い切り楽しもうということになっていた。

そんなわけで、入り口を抜けるなり「いえ〜い！」と大きな声で飛び上がったのは、金髪の大きなお友達だ。

念願のヒーローショーが観られるとあって、マサは朝から大張り切りである。

そしてもうひとり、別の意味で張り切っているのが拓海だ。「ふふっ」と小さな笑い声がしたので振り返ると、

「今度こそお嬢と仲良くなってみせますよ」

と、爽やかな笑顔の下に隠した野望を密かに呟いていた。

(拓海さんの目、やる気がみなぎっている……)

シンとゴウの話によると、菫と桐也が外出したあのあとも、椿には冷たい態度を取られていたらしく、今日はそのリベンジをするつもりなのだろう。

「お嬢、今日のお洋服とても素敵ですね」

さっそく作戦開始とばかりに、拓海がそばに来て椿に話しかけた。

今日の椿は、ブラウンで統一された大人っぽいファッションで、マドラスチェックのジャンパースカートと、同じ柄のベレー帽がよく似合っている。

いっぽうの拓海は、少しだぼっとした明るいグレイのカーディガンにスキニージーンズという、カジュアルなコーディネートを品良く着こなしていて、そんなお洒落(しゃれ)な彼からの褒め言葉であれば、さすがの椿も素直に受け取るだろうと思ったのだが——。

「なんでも褒めればいいってものじゃないのよ」

と、やはり一筋縄ではいかなかった。

「くっ……お嬢の心……今まで出会ったどんな女性よりも難解です……」

がっくりとうなだれる拓海を見て、菫は思わずくすりと笑ってしまう。

「ふんっ！　当たり前じゃない。私を誰だと思っているのよ」

そう言って拓海から顔をそらした椿は、ごく自然な動きで菫と桐也の間に収まった。

しかしその表情は、遊園地にわくわくする気持ちを抑えきれずにほころんでいて、菫は微笑ましくなってしまう。

ふと桐也を見上げると、椿のそんな様子を見て、菫と同じようにうれしそうにしていた。

(桐也さん、いつもと雰囲気が違って、なんだか新鮮)

菫はその姿を見て、あらためて思う。

今日の桐也は、ベージュのニットにブラウンの細身のパンツという、いつになくカジュアルなスタイルだ。菫のほうも、遊園地という場所柄を考えて、動きやすいキュロットスカートにブラウスを合わせている。

これも百貨店で提案されたコーディネートのひとつであるが、偶然にも夫婦共にブラウンがメインカラーで、菫のキュロットスカートは椿と同じチェック柄だ。

並んで歩いていると、まるで三人で流行りのリンクコーデをしているようで、久しぶりに履いたスニーカーが、つい弾んでしまった。

しばらく歩いていると、また、マサが大声を上げる。

「ああっ！　あんなところにゼッタイマモルンジャーのパネルがあるっす！」

そして言うが早いか、その方向に向かって走り出してしまった。

「ったく、マサのやつ……護衛のこと忘れてんだろ」

桐也が呆れてため息をつく。

さっそくこんな調子では、なんと言われることやら……といった様子で、桐也が椿の顔色を窺った。しかしその表情は、ヒーローのパネルをまっすぐに見つめたままキラキラと輝いていて――菫は思わず桐也と顔を見合わせて、こっそりと笑ってしまった。

「椿さんも、行ってきてはどうですか？」

おそらく遠慮をしているのであろう椿に、にこりとして言う。すると椿は「うんっ！」と素直に頷き、大きなお友達のあとを追いかけた。そして走り出した椿を、今度はシンとゴウが追いかける。

ゼッタイマモルンジャーのパネルを前に、さっそく撮影会をしている面々を遠目で見ながら、菫は小さく笑った。

「椿さんたち、早くも楽しそうですね」

遊園地という場所で目立たないよう、今日はマサたちも、いつもよりおとなしい服装をしている。これも拓海が用意してくれたもので、各自の雰囲気に合ったコーディネートが、よく似合っていた。

「遊園地に来るのは久しぶりだと言っていたからな。叔父貴は忙しいから、連れて来てやれてよかったよ」

「桐也さんも、遊園地は久しぶりですか？」

キャッキャとはしゃぐ一行を微笑ましく見守りながらも、少し気になって訊いてみる。

遊園地といえば、デートの定番というイメージだ。周りを見ても、やはり恋人同士の姿が目立っている。

（桐也さんは、遊園地に来たことがあるのかな……）

菫はもちろんはじめてであり、ずっと憧れていた場所でもあった。

だから実を言うと、内心ではマサに負けないくらいわくわくしていて、だからこそ、桐也の平然とした様子が気にかかっていたのだ。

（桐也さんの過去を気にしている、というわけじゃないけれど……）

これだけ見た目のかっこいい桐也が、女性から言い寄られなかったはずはなく、実際今も歩くだけで密かに注目を浴びている。そんな彼に、誰かと遊園地に行ったという過去があってもおかしくはなく、あとでふいにダメージを受けるくらいなら、はじめに確認しておこうと思ったのだ。

「俺か？」

と、桐也が聞き返す。菫はドキドキしながら、「はい」と頷いた。

「私は、遊園地に来るのがはじめてなんです」

「そうだったのか。そうだな……俺も久しぶりだ」

心臓が小さく跳ねる。

（やっぱり、来たことがあるんだ……）

少しだけショックを受けながらも、笑顔を取り繕った。こんなことを訊いても仕方がないのに、と思いながらも、菫は更に質問をしてしまう。

「そ、そうなんですね。だ、誰と……来たんですか？」

「あれは確か——組の旅行だったな」

「組の旅行！　それはすばらしいですね！」

安心して、大きな声が出てしまった。

「……すばらしい？」

「い、いえ。素敵な企画だなぁと……」

「ああ、マサがどうしてもって言ってな。それで、野郎ばかりで遊園地だ。あのときも全員で大はしゃぎしやがって……俺は引率の先生にでもなった気分だったぜ」

強面（こわもて）の組員たちが、ぞろぞろと揃って遊園地を楽しんでいる様子を想像した菫は、ふっと笑ってしまう。

「まぁ、今日は本当に引率だがな」

と、桐也も笑った。

「だから久しぶりと言っても、はじめてみたいなものだ。すまないが、あまり気の利いた案内はできそうにない」

「いえ、安心しました！」

「何故安心するんだ？」

真顔で訊かれて慌てていると、そのやりとりを見ていた拓海が、もう我慢できないというように笑い出した。

「まったく、桐也さんは本当に野暮ですね」

「!?」

「今度は大勢ではなく、菫さんとふたりきりで遊園地に来てあげてくださいね。そうだ、何ならそれも、僕が手配しましょうか？」

「だから何の話だ!?」

拓海は菫の気持ちなどお見通しだったようで、桐也ひとりが困惑している。菫は赤くなって、誰にともなく「すみません……」と小さく謝った。

「さて本来であれば、この先の護衛は交代制でも十分で、おふたりに束の間のデートの時間を差し上げることもできたのですが——お耳に入れておきたいことがあります」

拓海の声色が変わり、桐也は歩きながら瞳だけを動かした。

「何だ?」

「実は、龍桜会と八鴉連合が接触したという情報を掴みましてね」

「八鴉連合と!?」

菫は聞いたことのない名前であったが、繰り返す桐也の声は鋭く、おそらく敵対する組織なのだろう。

「はい。詳細は不明ですが、このタイミング……こちらの思惑を察知しての動きと見て間違いないかと」

「龍桜会にとって、うちと虎田門一家の繋がりが強化されることは不都合だからな。問題は、八鴉連合に『何を』依頼したかだ」

「獲物のためならなんでもする——まさしく鴉のような連中ですからね」

不穏な言葉が飛び交い、菫は平静を装いながらも、体を硬くする。

すると桐也が、その大きな手をすっと背中に当てた。それは僅かの時間であったが、それだけで緊張した体がほぐれ、呼吸を整えることができた。

拓海はこの話を、桐也だけでなくわざわざ菫のいる場所で伝えたのだ。

それは、彼が自分のことを姐御として信頼してくれているからにほかならず、しっかりしなければと、菫は深く息を吸った。

「八鴉連合とは、どういう組織なのですか？」

　桐也が答える。

「端的に言ってしまえば、この街の掃除屋だ」

「掃除屋……」

「ああ、あまりおまえには言いたくない話だが、ヤクザも嫌がるような汚れ仕事を大金で引き受けている」

「もとは八鴉組という極道だったのですが、いろいろありましてね。八鴉宵という男が代表になり、組は解散しました。その後、自身のやり方に賛同する組織を集めて連合を組んだのです。つまり、金のためなら何でもする連中とね」

　その言葉に、背筋がひやりとした。

　菫が身を置く獅月組は、任侠道を重んじていて、その原動は「ひとのため」。

　つまり、組の仲間のためだ。だからこそ、この街の平穏を望んでいる。

　しかし同じ極道でも、その志は様々だ。組織を大きくすることが目的であれば、資金と武器は必ず必要になる。それは獅月組とは対極の考えで、どちらが善でどちらが悪という話でもない。

ただ、平穏を脅かす存在とは、戦わなくてはならない。

ここは、そういう世界だ。

「八鴉連合の目的は何なのでしょうか？」

現状をしっかり把握しなければと、菫は拓海に尋ねる。

「仮に、これが虎田門一家との関係強化を懸念しての動きだとして、龍桜会はなんとしてでもそれを阻止したいはずです。しかし直接的な手出しはできない」

「うちと龍桜会は、表向きは手打ちになっているからな」

「それで中立の立場である八鴉連合に依頼をしたということであれば、話はシンプルです。目的はおそらく牽制で、奴らは何かしらの攻撃をこちらに仕掛けてくるでしょう」

「つ、椿さんは大丈夫でしょうか!?」

菫は不安になって、すがるように尋ねた。

雪臣夫婦が虎田門一家と交渉をするのは、今日の夜だと聞いている。しかし目に見える攻撃はまだなく、ということは、日中にことが起こってもおかしくないということだ。

「桐也さんから、椿さんを連れて外出するという話を聞いたとき、止めるべきか僕も迷いました。椿さんを危険に晒すわけにはいきませんからね」

拓海は無邪気に走り回っている椿に目をやりながら、話を続ける。

「しかし遊園地と聞いて、それならかえって安全かと判断したのです。夜の繁華街ならいけませんが、これだけ人出の多い場所で奴らがことを起こすとは考えにくいですからね」

　確かにそうかもしれないと、賑わう周囲を見渡して、菫も納得する。

「もし牽制をするのであれば、事務所への襲撃というのが妥当な線でしょう。その意味では、桐也さんも外出をしているほうが得策です」

「屋敷の警備はいつも以上に強化してあるが、更に人を増やしておくか。シマの警備も――」

　そう言ってスマホを取り出した桐也を、拓海がにっこりと制した。

「それはすでに手配済みです」

「拓海……いつもすまないな」

「いえ、椿さんを楽しませることも重要な任務ですから」

　どこまでも有能な拓海の気遣いに、菫も深く頭を下げる。顔を上げると、前方にいる椿がこちらに向かって手を振っていた。

「ちょっと！　遅いわよ！　撮影も終わったことだし、これからみんなでメリーゴーランドに乗るんだからっ」

　その言葉を聞いて、桐也は露骨に顔をしかめる。

「このメンツでメリーゴーランドに乗るのか⁉　絵面怖すぎだろ……」

「僕は白馬にぴったりだと思いますけどね」

「自分で言うな」

　と、すっかりオフモードになったふたりを見て、菫はくすりと笑った。

「桐也さん、行きましょう。今日は椿さんのための日なのですから」

　促すと、桐也は渋々といった様子で「わかったよ……」と頷く。

　椿のため、そしてもっと椿と仲良くなるために、今日を絶対に楽しい一日にしたいと、菫は彼女の元に走った。


「はぁ〜楽しかったわ！」

　メリーゴーランドにコーヒーカップ、空中でくるくると回るブランコに、びっくりハウスと、次々にアトラクションを梯子した椿は、ようやくベンチに落ち着くと、両手を上げた。

「なんで回転する乗り物ばっかり乗るんだよ……」

　と、桐也は少々お疲れ気味の様子である。いまこの場にいるのは、椿のほかには菫と桐也だけだ。マサたちは離れた場所で、それぞれ護衛をしてくれている。

鼻歌を歌いながら足をぶらぶらとさせていた椿が、思いついたように言った。

「桐也！　私、ソフトクリームが食べたいわ！」

「次はソフトクリームか。ったく、人使いの荒いやつだな」

「あら、だって桐也は若頭でしょう。私は組長の娘だもの。言うことを聞くのは当然よ」

「はいはい、お嬢様……って、おまえそういうことデカい声で言うなよ？」

桐也がそう言うと、椿はおもしろそうに「は～い」と返事をした。

「おまえもいるか？」

立ち上がった桐也が、菫を振り返って言う。

「あ、は、はい！　お願いします」

まさか自分にも買ってくれるとは思わず恐縮しながら頷くと、桐也は「わかった、待ってろ」と、小さく微笑んだ。

(桐也さん、やさしいな……)

と、その後ろ姿につい見惚れていると、菫のことを見上げる視線に気が付く。

「桐也のこと、すごく好きなのね」

「す、すみません！　決して遊園地に来て浮かれているというわけでは――」

そこまで言って、菫は「あっ」と肩を上げた。

「……あなた、わかりやすいひとね」

「すみません……」

いくら椿がしっかりしているとはいえ、幼稚園児に翻弄されて赤くなる。

「別に、構わないわ。あなたと桐也は新婚なんだし。それに……」

椿は少しだけ迷ってから、その先を遠慮がちに言った。

「桐也はかっこいいから、浮かれるのも無理ない」

「椿さん……」

それは彼女の口からはじめて聞く桐也への褒め言葉で、菫は驚いてしまう。

(やっぱり椿さんは、桐也さんのことを嫌っているわけではなかったんだ)

そして桐也に頭を撫でられて赤くなっていた椿のことを思い出し、菫はハッとした。

「も、もしかして……椿さんは桐也さんのことが、好きなのですか？」

「ええ、好きよ」

あっさりと答えが返ってきた。

幼い子どもが、お兄さん的な存在に恋心を抱くという話は小説でもよく読んだことがあるし、それ自体は驚くことではないだろう。しかし菫は桐也の妻であり、椿の前で桐也に浮かれるという、大人げない態度まで取ってしまった。

「椿さん、すみません！　私、ちっとも気が付かなくて――」

「……何を勘違いしているのか知らないけれど、そういう好きじゃないわよ？」

「へ？」

しかし淡々とそう言われて、菫は間の抜けた声を出した。

「好きっていうのは、人としてってことよ。パパがよく言うの。桐也は、弟みたいな存在なんですって。その話をしているときのパパは、いつもすごくうれしそうだわ。だから私も、桐也が好き」

今の話を桐也が聞いたらどれだけ喜ぶだろうかと、思わず微笑んでしまう。

「それならどうして、桐也さんに冷たくするのですか？」

疑問に思って訊いてみると、椿は少し迷った様子を見せてから、こう話した。

「だって桐也は……私のこと小さな女の子扱いするんだもの」

「小さな女の子扱い……」

椿はこくりと頷く。

「会うたびにかわいらしい洋服や人形をくれたり、遊んでくれるのはうれしいけれど、いつも『女の子だから』って手加減するの。私は組長の娘なのよ？　桐也のことは好きだけれど、そんな気遣いはいらないから……」

「なるほど、そういうことだったんですね」

桐也がよかれと思って椿にしてきたことは、戦隊ヒーローが大好きで、誇り高き性格の彼女にとって、心地のよいものではなかった。しかし桐也は、椿と仲良くなりたい一心でその行動をしたことには間違いなく、それをわかっているからこそ、椿も素直になれなかったのだろう。

「でもあなたのおかげで、本当の私が出せたわ」

そう言って、椿はにっこりと笑った。

まだ幼い彼女が「本当の私」などという表現をするのは、組長の娘としてそれだけ、外の人間に気を遣っているからなのだろう。

その健気(けなげ)な気持ちを想(おも)って、菫は思わず椿を抱き締めたくなる。もっとも、彼女はそんなことを喜ばないだろうけれど。

「菫さん、桐也のことをよろしくね」

椿からはじめて名前を呼ばれた菫は、驚いて顔を上げた。するとそのタイミングで、ソフトクリームを持った桐也が戻って来る。

「待たせたな」

「ううん。菫さんと話をしていたから、あっという間だったわ」

椿が菫の名前を呼んだことに気が付いたようで、桐也も驚いた素振りを見せる。

「へえ、ふたりで何の話をしていたんだ？」

桐也がそう訊くと、椿は「内緒よ！」と言って人差し指を立てる。そして菫と顔を見合わせ、ふたりは笑い合ったのだった。


そしていよいよ、待ちに待ったヒーローショーの時間がやって来た。

扇形のオープンステージは想像以上に大きく、菫は思わず、広々とした観客席を見渡す。

舞台も本格的で、上手と下手には大きな崖のセットがあり、うっすらとスモークが焚かれていた。

会場は満員であったが、マサが場所取りをしてくれたおかげで最前列を確保することができ、椿を真ん中にして菫と桐也はその両側に、そしてマサは桐也の横にと、それぞれ腰掛ける。

シンとゴウ、そして拓海は、大人だけで席を確保するのはよくないだろうということと、護衛も兼ねて、一番後列で立ち見をすることにした。

「目の前でゼッタイマモルンジャーが観られるなんてわくわくするわ！」

と、両手を胸の前で握った椿が、弾んだ声を上げる。そのうれしそうな表情を見て、連れて来て本当によかったと、菫は思った。

マサから聞いたところによると、これからやる『安全戦隊ゼッタイマモルンジャー 秋の遊園地ショー特別編』は、劇場版に繋がるテレビ版エピソードを踏襲したもので、ファンのなかでも評判の高い演目らしい。

というわけで、菫もそのテレビ版エピソードを配信サイトでしっかりと再視聴し、この日に臨んでいた。

会場にはオープニング曲などの音楽が、会話の邪魔にならない程度に流れていたのだが、その曲が急に大きくなり、客席からわっと歓声が上がる。すると、

「はぁい！ よい子のみんな～……こーんにーちはー！」

と、今日の演目を司会する「お姉さん」がステージに出て来た。会場にいる子どもたちはその言葉に応え、大きな声で挨拶をしたのだが、しかしお姉さんは言った。

「あれれ～？ なんだか声が小さいみたい……」

菫はハッとして背筋を伸ばす。

隣にいる椿も同じ姿勢になって、お姉さんの次の言葉を待った。

「それじゃあ、もう一回！ 行っくよ～？ こーんにーちはー！」

「こぉーんにぃーちはぁー！」

椿は精一杯の力で叫ぶ。菫と、そして大きなお友達たちも、負けじと声を張った。

「うわあ！　みんな、とぉ～っても元気に言えたね！」

お姉さんが拍手をし、椿は満足そうな表情をしている。

（なるほど……これがお約束！）

ヒーローショーを観るのははじめての菫は、何か失礼があってはいけないと、鑑賞の際のルールやマナーも勉強してきていた。

「それじゃあさっそく、みんなでゼッタイマモルンジャーを呼んでみよう！　せ～のっ！」

「ゼッタイマモルンジャー！」

緊張と興奮が入り混じった子どもたちの声が、会場全体を包む。

しかしやって来たのは――。

「ふははは！　怪人トカゲマフィアだぁ！」

トカゲの姿をした暗黒マフィアの怪人『トカゲマフィア』であった。思わぬ敵の登場に、子どもたちから悲痛な叫び声が上がる。

（なるほど……ヒーローは遅れてやって来るというわけですね……）

と、菫がその構成に感心していると、桐也が言った。

「兄貴！　よい子は黙って見るっすよ！」

「桐也、うるさいわよ！」

しかしすかさず椿とマサの声が飛んできて、桐也は「はい……」とうなだれる。今日ばかりは完全にアウェイの夫を見て、菫はくすりと笑ってしまった。

さてショーは進み、今度は暗黒マフィア団という黒スーツの集団を呼び出した怪人トカゲマフィアは、なんとお姉さんを人質に取り、絶体絶命の大ピンチが訪れた。

お姉さんは再び、子どもたちにその名前を叫ぶよう促す。

「ゼッタイマモルンジャー!!」

子どもたちが声を上げた。そしていよいよ――。

「この街と君のことは、俺たちがゼッタイマモル！　安全戦隊ゼッタイマモルンジャー！」

決め台詞と共にゼッタイマモルンジャーがステージに現れ、今日一番の歓声が会場を飛び出して空まで響いた。

「きゃあ！　ゼッタイマモルンレッド！」

と、椿も思わず声を上げる。

いよいよ登場したヒーローにまず襲い掛かるのは、暗黒マフィア団だ。

「なぜトカゲがマフィアなんだ？」

ショーは想像以上に本格的なもので、特に二メートルはあるであろう崖の上での戦いは迫力満点。

ゼッタイマモルンジャーの攻撃を受けた暗黒マフィア団が、回転しながら落下をする場面では、下にクッションがあるとわかっていても、つい手に汗を握ってしまった。

そうしてゼッタイマモルンジャーは暗黒マフィア団をなぎ倒し、そのあとは必殺ポーズで怪人トカゲマフィアをも倒してしまった。

「君たちの街がピンチになったときは、いつでもゼッタイ呼んでくれよな！」

お決まりのポーズを決めて、華麗に舞台から去って行くヒーローたち。

本来ならここでヒーローショーは終わりなのだが、この特別編はここからが見どころだ。

なんと暗黒マフィア団のボスであるブラックプリンスが現れて、ゼッタイマモルンジャーを再びピンチへと陥れるのである。

ブラックプリンスは、長い髪に軍帽をかぶった姿が印象的な人形（ひとがた）の怪人だ。衣装はすべて真っ黒で、ナポレオンコートにマント、そして口元をマスクで隠している。

暗黒マフィア一家に生まれた彼は、目的のためなら手段を選ばない悪人であるが、物語が進むにつれて、彼の抱える葛藤が描かれるようになった。するとその生い立ちが切ないとして人気が急上昇。このショーが評判なのはそういうわけなのである。

闇の宿命を背負い葛藤するブラックプリンスと、決して揺らがぬ正義を持つゼッタイマモルンレッド。

このふたりを演じる俳優が特に美形ということも相まって、彼らが対峙する熱いバトルも、ファンが期待するシーンのひとつだ。

かくいう菫も、恥ずかしながらそのシーンに熱くなってしまった大きなお友達のひとりである。

(ゼッタイマモルンレッドの俳優さん、ちょっと桐也さんに似てるんだよね……)

と、密かに思っていることは内緒だけれど。

(戦隊ヒーロー……こんなにも奥が深いなんて……)

すっかりその沼に片足を突っ込みながら、菫はブラックプリンスの登場を待つ。

「くっ……まだだ……まだ終わらないぞ……ブラックプリンス様ぁ！」

倒れたと思った怪人トカゲマフィアが、断末魔の雄叫びを上げながらボスを呼ぶ。それを合図にドンッと爆発音が鳴った。

「きゃっ」

と、菫は思わず声を上げる。それは大人が驚くほどの大きな音で、あたりにはもくもくと黒い煙が立ち込めた。

（随分と本格的な演出ね……）

　そう思ったが、その黒い煙はあっと言う間にステージを覆いつくしてしまい、菫は異変を感じる。

（火薬の臭いがすごい……これ、本当に演出なの？）

　最前列にいる菫たちからもステージの様子はまったく見えず、菫は心配になった。どこからか叫び声も聞こえて、会場内もざわつき始める。

「桐也さん、これって……」

「ああ、様子がおかしいな」

　舞台の様子を見るために立ち上がろうとしたそのとき、ザザッと音がして、スピーカーから音楽が流れ始めた。それはブラックプリンスのテーマソングで、どうやら無事にショーが再開したようだと、菫はほっと胸を撫で下ろす。

「アーハッハッハッ！　我こそは暗黒マフィア団のボス、ブラックプリンス！　今日はおまえたちを恐怖のどん底に陥れるため、この地にやって来た！」

　ブラックプリンスはお決まりの台詞を言ったが、その声がいつもと違うような気がして、違和感を覚える。

（ショーは、実際の俳優さんの声が録音されていたと思うけれど……）

このブラックプリンスの声は、マスクの下にいる生身の人間が出しているようだ。

（機械トラブルかな……）

そう思って、菫は納得をする。いよいよ現れたゼッタイマモルンジャー最大の敵に、会場の盛り上がりも最高潮だ。

「ンフフ、今日もたくさんの子どもが来ているな。暗黒マフィア団よ、この哀れな子どもたちを贄にし、ヒーローをおびき寄せるのだ！」

ブラックプリンスの命令を受けて、顔まで真っ黒いスーツに身を包んだ暗黒マフィア団が、わらわらと客席に降りる。ここで複数の子どもをステージに上げ、それをヒーローが助けにやって来るというのも、ショーのお約束だ。

最前列に座っていた椿も、その役のひとりに選ばれて、やけに屈強な体つきをした暗黒マフィア団に抱き上げられる。

「お嬢！　ゼッタイマモルンジャーが来るまで頑張るっすよ！」

マサがそう言うと、椿はうれしそうに「もちろんよ！」と拳を上げた。

それぞれ人質の子どもの手を引いた暗黒マフィア団たちが、舞台の下手にずらりと並ぶ。

すると中央に立っていたブラックプリンスがつかつかと近寄り、子どもたちの顔を舐め回すように見つめると、椿の前で足を止めた。

「ンフフ、かわいそうな子どもたち……今日はこのボクが、たっぷりと可愛がってあげるよ」

そしてそう言うと、その黒く長い爪で椿の頬をつつと撫でる。

「えっ……『ボク』……？」

菫は思わず口に出して、マサのほうを見た。

「このショー、何か様子がおかしくないですか？」

ブラックプリンスの一人称は「我」であるし、口調もそんなふうではない。それに演出とはいえ、人質役の子どもを抱えたり、顔に触れたりするのは、少しやりすぎではないだろうか。

そのことに気づいたマサも、大きく頷いた。

「……このショーの脚本家、詰めが甘いっすね！」

「そうじゃなくて！」

菫が思わず大きな声を出すと、桐也が大きく舌打ちをした。

「――クソッ、抜かった」

「桐也さん？」

「あの灰色の瞳……奴は八鴉連合の宵だ。椿が危ない！」

んて。慌ててもう一度舞台を見ると、やはり、椿だけが暗黒マフィア団に抱えられたまま何かがおかしいと感じてはいたが、まさか敵がブラックプリンスに成り代わっているな

「ええっ!?」

だ。そしてその表情は、どこか不安の色を帯びていた。

何よりも、このあとに現れるはずのゼッタイマモルンジャーが一向に現れず、そもそもそれを呼び掛けるはずの「お姉さん」の姿も舞台に見当たらない。

「桐也さん！　大変です！」

すると声を潜めて、拓海がやって来た。

客席の後方に立っていた拓海は、爆発音のあと、ステージ裏に何者かが忍び込む姿を確認して、様子を見に行っていたのだという。

「――ヒーローは来ません。出演者は皆、薬か何かで眠らされていました。まさかショーに乗じて、椿さんを誘拐するなんて……」

「早く！　早く椿さんを助けに行かないと！」

菫は急かしたが、拓海は首を振った。

「殴り込むのは簡単ですが、これだけの人目がある場所では簡単に動けません……」

おそらく八鴉連合は、そこまで計算をして、この大胆な行動に出たのだろう。

「そんな……それじゃあ、どうすれば……」

　ブラックプリンスに扮した八鴉宵が、勝ち誇った目をして叫ぶ。

「油断したな。さすがのヒーローも、この状況では手も足も出まい！」

　口調こそブラックプリンスに成り切っているが、その台詞が菫たちに向けられていることは明らかだ。

「鴉野郎が……調子に乗りやがって！」

　桐也が低い声でドスを利かせたが、しかしどうすることもできず唇を噛み締める。その様子を見て、宵が満足げに高笑いをした。

「この街はたった今から闇の支配者である我の手に堕ちた。貴様らにできるのは、この暗闇で為す術もなくあがくことだけ……案ずるな、時が満ちれば娘は返してやろう」

　そう言いながら、宵は椿の真っ白な頬に、ブラックプリンス必殺の武器「ブラックガン」を突き付けた。

「椿さんッ！」

　菫は思わず叫ぶ。玩具だとわかってはいても、背中を冷たい汗がつたった。

　気丈にも、椿は叫び声ひとつ上げずに肩を震わせている。おそらく宵たちのシナリオでは、この流れで舞台をはけ、椿を連れ去るつもりなのだろう。

現実的に考えれば、椿を取り返すのはそのあとだ。しかしそれで間に合うのだろうか。

桐也や拓海たちも、同じことを考えて動けないでいるように見えた。

(どうすればいいの……!)

絶望から思わず目を閉じようとした、そのときだ。

「ゼッタイマモルンジャー!」

菫の耳に、叫ぶような声が飛び込んできた。椿の声だ。

菫は目を見開き、急いで舞台のほうに顔を向ける。

彼女の意思の強い瞳が、まっすぐにこちらを見据えていた。その視線が、菫たちに何かを訴えかけているように見えて息を呑む。

(椿さんは、何かを伝えようとしている……?)

椿がもう一度、大きく息を吸って叫んだ。

「ゼッタイマモルンジャー! 早く助けに来てぇ!」

その言葉に、菫はハッと肩を上げた。

「桐也さん! ヒーローになりましょう!」

「ど、どういうことだ!?」

「あの人が敵のブラックプリンスに成り切っているように、桐也さんたちもゼッタイマモルンジャーに変身するんです！　ヒーローのスーツを着ていれば、素性がバレることはありません！」

賢い彼女がこの異変に気づいていないはずはなく、あの場でヒーローの名前を叫んだのは、きっとそういうことだ。

出演者が眠っているということは、ゼッタイマモルンジャーのスーツは使うことができるはず。そしてスーツで顔さえ隠してしまえば、素性を知られる心配なく思い切り戦える。これは頭の固い大人では思いつかない子どもならではの名案――いや、椿だからこそ思いつくことができた作戦だ。しかし桐也は首を振った。

「そんなこと無理に決まっている！　観客だって、異変に気づくはずだ」

「大丈夫です！　桐也さんはゼッタイマモルンレッドの俳優さんに似ていますから！」

「それこそ関係ないだろう！」

桐也が思わずといったように叫んだが、しかし拓海は真剣な表情で頷いた。

「――大胆ですが、いい案かもしれません」

「おまえら正気か!?」

「急いでステージ裏に行き、スーツをお借りしましょう！」

「ええっ！　お、俺、ヒーローになれるんすか!?」

そしてこの話をマサが見逃すはずはない。

あとからやって来たシンとゴウも「やりましょう兄貴！」と言って、桐也の背中を押した。

「くっ……」

桐也は眉間に皺を寄せたが、立ち止まっている時間などないことは、桐也自身が誰よりもわかっていた。

「──わかった。ヒーローになろう」

その言葉に、菫は強く頷く。

「それでは桐也さんはゼッタイマモルンレッドになってください。マサさん、桐也さんにレッドを譲ってもいいですか？」

「もちろんっすよ！　獅月組のレッドは兄貴しかいないっすから！　俺は同じ金髪キャラのイエローをやるっす！」

「ありがとうございます！　それではゴウさんは力持ちのグリーンをお願いします」

「自分、精一杯やらせていただきやす！」

「シンさんは……」

残るは爽やかなイケメンブルーと、ツインテールがキュートなお転婆娘のピンクだ。そのことを伝えると、シンが心配そうな表情でおろおろと尋ねた。

「お、俺はどっちを担当すればいいっすかね……？」

「そうですね……」

なかの人のイメージで言えば、拓海はブルーにぴったりだ。しかしスーツのサイズを考えると、体の大きいシンをピンクにするわけにはいかないだろうと、菫はそう判断した。

「それではシンさんにブルー、そして拓海さんにはピンクをお願いします！」

「一瞬でも爽やかイケメンになれるなんて……張り切っていくっすよ！」

「女性らしい動きは変装で慣れていますからお任せください！」

シンは大張り切りで片手を挙げ、拓海は頼もしい言葉と共ににっこりと笑う。

「本当に……やるんだな……？」

「はい。あとは私がなんとかしますから、みなさんは早く行ってください！」

菫がそう言うと、桐也たちは頷いてステージ裏へと走った。

残された菫は大きく息を吸い、これから自分がどう行動するべきか考えを巡らせる。

このショーを成り立たせるためには、桐也たちに完璧な「ゼッタイマモルンジャー」を演じてもらわなければならない。しかしマサはともかく、他のメンバーは「ゼッタイマモルンジャー」に関してまったくの素人だ。

ならば菫が誘導するしかない。幸いなことに、このステージが元にしているエピソード
のシナリオなら、すっかり頭に入っている。
そうと決まれば、あとは時間稼ぎだ。舞台を見ると、上手に「お姉さん」の残したマイ
クが転がっていた。
「……私には、私の役割がある」
菫は胸に手を当てて大きく頷く。
そして階段を駆け上がり、マイクを掴んだ。
「よい子のみんなぁ～！　またまたこーんにーちはー！」
「――は？」
上手から突然現れた新生「お姉さん」に、ブラックプリンスの宵が間の抜けた声を出し
た。
暗黒マフィア団に抱かれた椿に、「ここは任せて」とアイコンタクトを送る。椿は菫の
意図を理解したようで、強く頷いた。
「みんな遅れてごめんねえ～。まさかまさか！　ブラックプリンスが現れてこの街を襲う
なんて……みんな！　もう一度お～きな声で、ゼッタイマモルンジャーを呼んでみよう！
せぇーのっ！」

　すっかりお姉さんに成り切った菫がそう言うと、純粋な子どもたちもすぐに物語を理解して、ヒーローの名前を呼んだ。

「ゼッタイマモルンジャー！」

「そんなんじゃパワーが足りないぞぉ！　もぉ～っと大きな声で呼んでみよう！」

　と、お約束も忘れない。すると子どもたちの表情はどんどんと輝いていき、割れんばかりの歓声が客席から飛び交った。

「なっ……」

　思いがけない展開に宵は一瞬だけたじろいだが、しかしすぐに表情を変えた。

「ヒーローなど来ない！」

　ブラックガンを観客に向けて叫ぶ。顔の半分こそ隠れているものの、本物のマフィアが持つその迫力に、会場はシンと静まり返る。

　しかしその静寂を、ひとつの勇ましい声が切り裂いた。

「──来るわ！」

　椿である。暗黒マフィア団に抱えられた椿が、腹からの声で叫んでいた。

「ヒーローは、ゼッタイに来るッ！」

　すると舞台袖から、五人のヒーローが躍り出た。

「ブラックプリンス！　そこまでだ！」

ゼッタイマモルンレッドの桐也が叫ぶ。客席が歓声に包まれた。

「みんなの応援が届いて、ゼッタイマモルンジャーが来てくれたわ！」

菫はそう言いながら、台詞を指示するべく彼らのそばに控える。

「ま、まさかおまえら……スーツの中に⁉」

宵は戸惑いながらも、獅月組の面々がゼッタイマモルンジャーに扮していると気づいたようだ。

「なんだよ！　桐也クンそんなキャラじゃないだろ⁉」

「おまえの悪事はすべてお見通しだ！　真っ黒な悪は、俺たち正義の警察が成敗してやる！」

「はぁ？　そっちもマフィアじゃん？」

宵はうっかり素に戻っていたが、無視をしてショーは続けられる。

「ブラックプリンス！　覚悟しろっ！」

菫が傍らで教えた台詞を叫び、桐也がポーズを取る。すると宵が声を張り上げた。

「そっちがその気なら……行け！　暗黒マフィア団！」

「イエス、ボス！」

野太い男たちの声が響き渡り、暗黒マフィア団に扮した八鴉連合が一斉に襲い掛かる。

しかしこちらも数々の修羅場をくぐり抜けてきた極道――もといヒーローだ。

ゼッタイマモルンジャーは、あっという間に暗黒マフィア団を倒してしまい、観客の子どもたちは笑顔で拳を突き上げた。解放された人質の子どもたちも、「ありがとう！」と手を振り、五人はそれに応える。

「すご～い！　さっすがゼッタイマモルンジャーだね！　さぁ、最後の敵はブラックプリンスよ！」

菫がそう言うと、宵が「くっ……」と小さな声を漏らす。彼の横には、椿を抱えた暗黒マフィア団が立っていて、宵さえ倒してしまえば、椿の奪還は簡単だ。

「行っけえ！　ゼッタイマモルンジャー！」

菫の掛け声と共に、ゼッタイマモルンレッドが拳を構える。

すると追い詰められた宵が声を張り上げた。

「娘と共に崖に上がれ！」

「イエス、ボス！」

下手には、さっき本物の暗黒マフィア団が飛び降りていた崖のセットがある。

命令を受けた部下はその前へ行くと、下に敷かれたクッションを舞台袖に放り投げた。

そして椿をひょいと持ち上げて、そのあとで自身も崖の上に上がった。

「お嬢チャンは安全なところに置いてあげたよ。ただし——ボクと戦っているあいだに、我が連合精鋭の暗黒マフィア団が彼女を連れ去ってしまうかもしれないけどね」

その言葉に、桐也は動きを止めた。

「なんて卑怯なことをするの……！」

ピンクに成り切った、拓海が言う。

あの高さでは、椿が飛び降りることは不可能だ。それをわかって、大柄な部下は腕を組み仁王立ちをしている。

宵を倒したところで、椿を連れ去られてしまえば、それは最悪のシナリオだ。

桐也たちは身動きが取れず、お互いの顔を見合わせた。

「そうそう……そうやっておとなしくしてくれたらいいんだよ。コトが済んだら、お嬢チャンは返してあげるんだからさ」

宵がそう言って、マントを翻したそのときだ。

「ゼッタイマモルンレッド！　私のことは気にしないで戦って！」

崖の上から椿が叫んだ。

「椿ッ！」

「あなたならできるわ！　私なら逃げられる！」

「その高さでは無理だ！　頼むからおとなしくしていろ！　おまえは子どもなんだぞ!?」

「っ……」

桐也の言葉に、椿が息を呑んだのがわかった。

その華奢な肩が、小さく震えている。そして悔しげに唇を噛み締めたあと、今にも泣き出しそうな顔になって叫んだ。

「――子ども扱いしないでっ！」

桐也がハッとして肩を上げる。

彼女の丸い瞳が、射るようにこちらを見つめていた。

「子どもだからとか女の子だからとか、ゼッタイマモルンレッドはいつだってそればっかり！　私を誰だと思っているの？　私は……卯堂椿よ！」

そして強く、その名を叫ぶ。

その凛々しい顔つきは、紛れもない卯堂組の娘としてのそれだ。

菫も桐也も、そして観客までもが彼女に釘付けになる。

「桐也さん、椿さんを信じましょう」

マスクで隠れているが、愛する夫がどんな顔をしているか、菫には想像ができるような気がした。桐也はもう一度大きく頷き、椿に向き直った。

「わかった、おまえを信じる！　俺の決め台詞を合図に、そこから飛び降りろ！」

「桐也……うんっ！」

椿の顔に華が咲く。ふたりのやりとりを見て、暗黒マフィア団の部下は少し焦る素振りを見せたが、あらためてここが子どもの跳べる高さではないことを確認すると、再び仁王立ちの姿勢に戻った。

「ゼッタイマモルンイエロー！」

桐也は後方を振り返り、一番弟子の名前を呼んだ。

「おまえは椿を頼む！」

「ラジャっす！」

マサが親指を立てる。

長年の信頼関係で結ばれたふたりが想いを通じ合わせるには、そうするだけでよかった。

そしてゼッタイマモルンレッドとイエローは、作中でも先輩後輩の関係であり、深い師弟関係で結ばれている。おそらくこの展開は、いまマサにとって激アツだろう。

「はったりだ！　娘に怪我をさせるはずがない。くらえっ！」

ブラックプリンスが拳を繰り出すのと同時に、ゼッタイマモルンレッドが拳を掲げて飛び掛かった。

「燃える正義の炎、ゼッタイマモルンレッド！」

そして決め台詞を言うと、椿が「えいっ」とその場所から飛び降りた。

「えっ、う、嘘だろ!?」

椿に怪我をさせてしまっては、八鴉連合の名が廃る。そう思ったのか、宵に一瞬の隙ができた。

その瞬間に桐也の――いや、ゼッタイマモルンレッドの拳がさく裂する。

「ぐわあっ！」

ブラックプリンスがその場に倒れたのと、駆け付けたマサが椿をキャッチするのは同時だった。それを見た菫は、マイクを手に叫ぶ。

「やったぁ！　ゼッタイマモルンレッドが、ブラックプリンスを倒したぞ～！」

その声を合図に桐也たち五人は大きく頷き、それぞれのポーズを決めた。

そして――。

「この街と君のことは、俺たちがゼッタイマモル！　安全戦隊ゼッタイマモルンジャー！」

最後の決め台詞がステージに響き渡った。

大歓声が会場を包む。

その声に驚いた宵が慌てて立ち上がったが、為す術もなく――。

「覚えてろよ～！」

悪役として最高の台詞を吐きながら、ステージから退散したのであった。

「ゼッタイマモルンレッド！」

椿がヒーローの名を呼んで駆け寄り、桐也が抱き上げる。それは思いがけない行動であったが、ショーを感動で終わらせるにはぴったりのシーンだ。

「お友達の大きな勇気のおかげで、街の平和は護られました！　ありがとう、ゼッタイマモルンジャー！　そしてありがとう、みんな！」

物語を締める最後の台詞を、菫が叫ぶ。

すると客席から、再び大きな拍手が鳴り響いた。

「ありがとうな、ヒーロー。さすがは組長の娘だ」

大音量の拍手に紛れ、桐也がこっそり耳打ちをする。

「礼を言うのはこっちよ。最高のショーだったわ」

「それも椿さんのおかげです。私たちにヒントを与えてくれて、ありがとうございました」

「あら、その先は『お姉さん』のおかげよ。最高のシナリオだったわ！」

そう言って、椿と菫は笑い合った。

「しかし……俺はこんなこと、二度とごめんだぞ」

「でも、桐也さんもかっこよかったですよ」

「……おまえ、途中から面白がってただろ？」

「そ、そんなことはないです！」

見透かされた菫は、慌てて首を振る。

この戦いは絶対に勝てると踏んでから、桐也主演のヒーローショーを少しだけ楽しんでしまったのは事実だが、それを認めるわけにはいかなかった。

「本当か？」

「は、はい……」

しかし桐也から畳みかけられ、思わずうつむいてしまう。すると椿と目が合って、まるですべてお見通しだというように、その目が細められていた。

こうして椿と過ごす最後の日が終わり、朝がやって来た。

桐也と菫は、荷物を手に門の前に立ち、迎えの車を待つ。その横には椿がいて、興奮いまだ冷めやらずといった様子で、お喋（しゃべ）りを続けていた。

「しかし、叔父貴には謝らねえとな」

桐也のその言葉に、董は気持ちを切り替える。

椿は卯堂組組長の娘だ。いくらその身が無事であったとはいえ、彼女を危険な目に遭わせてしまったのは事実で、けじめはつけなければならないだろう。

「はい、私も頭を下げます。責任は、桐也さんだけにあるのではありませんから」

そんなことを話していると、黒塗りの車が停(と)まって、迎えに来た雪臣と八重(やえ)が降り立った。

先に運転手がやって来て、椿の荷物を引き取る。それと同時に、椿が八重に走り寄った。

「ママ！　パパ！　おかえりなさい！」

「椿、ただいま」

艶のある黒髪を上品に結い上げた着物姿の八重は、やさしい笑みを浮かべて椿を抱き締める。そして菫のほうに向き直り、深く辞儀をした。

「はじめまして、菫さん。挨拶が遅れてごめんなさいね」

「こちらこそ、ご挨拶が遅れて申し訳ありません。日鷹(ひだか)菫と申します」

「遊園地での話は聞きました。椿を助けてくれてありがとう」

八重はそう言って、こちらをまっすぐに見据える。彼女とは初対面であるが、その凛(りん)とした佇(たたず)まいからは気高い品位を感じて、菫は圧倒されながらも首を振る。

「俺からも礼を言う。だが、それはそれだ」

雪臣の声は、低く鋭い。桐也は「はい」と頷くと、両手を膝に置いて頭を下げた。

「お嬢を危険な目に遭わせてしまい、申し訳ありませんでした」

菫も頭を下げる。無論、これで許してもらえるなどとは思っていない。しかし誠意が伝わるまで、その姿勢を続けるのが筋だろうと覚悟する。

すると頭を下げた菫の視界に、雪臣の元へと走る小さな足が映った。

「パパ！　桐也と菫さんを許してあげて！　責任は、きっちりと果たしたわ！」

その声に驚いて顔を上げると、椿が雪臣の脚にすがりついていた。

「ずっと行きたかったヒーローショーに、ふたりは連れて行ってくれたの！　それまでにも、一緒にエミちゃんにあげるクッキーを作ってくれたり、ゼッタイマモルンジャーの映画を観(み)たり、楽しいこと、いっぱいしてくれたわ！」

「椿……そうは言ってもな、頭下げられてはいそうですかじゃあ、俺のメンツが立たねえんだよ」

「じゃあパパなんて嫌い！」

「うをっ……」

一撃必殺の弾を受けて、雪臣は左胸を押さえる。その傍らで、可笑しくてたまらないというように、八重がくつくつと笑っていた。

「ごめんなさいね。このひと、とっくに許しているのよ。娘の前だからって、格好を付けているだけ」

「なっ、お、おまえまでそんなこと！」

「あら、本当のことでしょう」

八重はキッとひと睨みで雪臣を黙らせると、ゆっくりとこちらに歩み寄った。

「今回のことは、椿に免じて許します」

「ありがとうございます、八重姐さん」

桐也がそう言って、再び頭を下げる。そして今度は、その様子をじっと見ている椿に向き直った。

「恩情を掛けていただき、感謝いたします。お嬢」

桐也がそう言うと、椿はいつものように、ぷいっとそっぽを向いた。

「勘違いしないで。これは貸しよ。だから……また遊んでちょうだい」

「はい、絶対に、また」

椿の勇気と、組長の娘としての覚悟を目の当たりにした桐也は、もう彼女を「小さな女の子」扱いはしなかった。

椿は満足そうに微笑(ほほえ)んだあと、八重と共に車に乗り込んでいく。

少しだけ振り向いた彼女に、菫と桐也は小さく手を振った。

「なんだよ、おまえどんな手を使って、うちの娘をたぶらかしたんだ？」

雪臣が、目を丸くして言う。すると桐也は、菫の顔を見て答えた。

「すべて、彼女のおかげですよ」

「桐也さん……」

まさかそんなことを言ってくれるとは思わず、菫は顔を赤くする。それを見ていた雪臣が、ニヤリと笑った。

「へえ、おまえは本当に、いい嫁さんを貰(もら)ったらしいな。菫ちゃん、今度はオジさんと遊ぼうぜ？」

そしてお得意の軽口を言い、軽くウインクをする。

「……あなた！」

するとスモーク貼りの窓がスッと開き、ドスの利いた八重の声が飛んできた。雪臣は「はいっ！」と返事をして、慌てたように背筋を伸ばす。

その短いやりとりだけで、このふたりの夫婦関係が想像できた菫は、思わず吹き出してしまった。

「おっと――帰る前に大事な報告をしないとな」

雪臣が桐也に向き直る。

「交渉はうまくいった。うちにもしものことがあったときは、虎田門一家がよくしてくれるそうだ」

「それは何よりです。本当にお疲れさんです」

小さく頭を下げた桐也に、雪臣が呼びかける。

「なぁ、桐也」

「なんですか？」

一緒に頭を下げていた菫も、顔を上げる。雪臣はまっすぐな目で、桐也のことを見つめていた。その眼差しに迫るものがあり、ハッと息を呑む。

「今のおまえになら、安心して獅月組を任せられる」

「それは……どういう意味ですか？」

いつもとどこか違う雪臣の様子に、桐也が気づかないはずはなく、戸惑うように訊き返す。

「別に意味なんかねえ。獅月組を頼むぞ」

しかし雪臣はそう言うと、片手をひらひらと振って車に乗り込んだ。

「怒涛の一週間だったな」

自宅に戻り、ソファでいつものコーヒーを飲みながら、桐也がふと言った。隣に座った菫は、「はい」と頷く。

「でも、とても楽しい一週間でした」

そう言って笑うと、桐也も「そうだな」と言って、小さく微笑んだ。

はじめはどうなることかと思ったが、失敗したサプライズパーティーも、極道ファッションでのお迎えも、今となっては、いい思い出だ。

何よりも椿のため、夫婦でひとつになって協力し合えたことは、菫にとってかけがえのない経験となった。

(まさか、ヒーローショーに出演することになるとは思わなかったけれど)

ゼッタイマモルンレッドになった桐也のことを思い出して、菫は密かに笑いながら、コーヒーを口に運ぶ。

ふたりきりの部屋は、いつもどおりの平穏に包まれていて、コン、とマグカップを置く音が、やけに大きく響いた。

桐也が、ぽつりと言う。

「なんだか……静かだな」

「そうですね」

椿のいた一週間は、彼女を中心に組員たちが集まり、賑やかしい毎日だった。

それはまるでひとつの大きな家族のようで——だからなのか、今が少しだけ寂しく感じてしまう。

しばらくの沈黙のあと、桐也が言った。

「この一週間、本当にありがとうな」

「いえ、私は大したことはしていませんよ」

「いや、今までの俺なら、椿との仲をとっくに諦めていただろう。家族の愛情を知らねえ奴が、子どもになんて好かれるはずがないと、ずっとそう思って生きてきたからな」

「桐也さん……」

似たような環境で生きてきた菫には、その気持ちがよくわかる。しかしだからこそ、過去を振り切って新たな未来を築きたいという思いも、痛いほど理解できた。

似た者同士のふたりで、共に乗り越えたいと、そう思ったのだ。

「おまえがいてくれたおかげで、椿と仲良くなることができた。あいつと、そしておまえと過ごした日々は、本当に楽しかったよ」

「はい、私もです！」

桐也の笑顔がうれしくて、菫は強く頷く。

すると、少し迷ったように桐也が言った。

「――本当の家族が欲しいと、ずっと思っていたんだ」

その言葉に、菫はハッと息を呑む。

「本当の……家族……」

それは、哲朗（てつろう）の言っていた言葉と同じだ。

「ああ、それは十四の頃から抱いていた俺のたったひとつの夢で、おまえがその夢を叶（かな）えてくれた」

「私は……桐也さんの本当の家族になれているのですか……？」

思わずそう尋ねると、何を言っているんだというように桐也が笑う。

「当たり前だろう。夫婦なんだからな。しかしそれだけじゃない。おまえは俺にとって特別な存在だ。うまく言えないが、居場所のような――」

話しながら、桐也は菫を抱き寄せた。

「こうしていると、安心する。そんな存在は、おまえだけだ。菫……」

「私もです。桐也さんはあったかくて、大きくて、こうしているとすごく落ち着きます」

そう言うと、愛しい夫はそれに応えるように、菫にやさしくキスをした。

唇を離すと、また強く抱き締められる。

(本当に……あったかい……)

そのたくましい腕に抱かれながら、菫は落ち着いた気持ちになって目を閉じた。

「菫……」

愛しいひとが、耳元で名前を呼ぶ。

そしてしばらくの沈黙のあと、桐也が言った。

「今から俺の言うことを、笑わないで聞いてくれるか?」

「はい、もちろんです」

菫は即答したが、桐也はなかなか話を切り出さない。それどころか、何やら恥ずかしそうに、菫の首元に顔を埋めてしまった。

「桐也さん……?」

名前を呼ぶと、ようやく決意したというように、小さな声で呟く。

「おまえと椿と過ごした毎日は、本当に楽しくて……それで、その、思っちまったんだ
……」

「……？」

「——おまえとの子どもを持ちたい、とな」

「桐也さん……！」

耳元でそんなことを言われて、菫は真っ赤になってしまう。

「……なんて、やっぱり笑うよな」

桐也が恥ずかしそうに、体を離そうとする。自分も気持ちを伝えなければと、菫は慌ててその体を引き戻した。

「私も、です！」

思いのほか大きな声が出てしまい、桐也が目を丸くしている。しかし、そんなことは構わなかった。

「私も、桐也さんとの子どもが欲しいと思いました。同じ気持ちだったなんて、うれしいです！」

菫はそう言って、今度は自分から、桐也の体を強く抱き締める。

すると桐也が、「す、菫……」と、少し苦しそうな声を出した。

「すみません！　ち、力が強かったでしょうか？　想いが溢れてしまって、つい……」

菫は謝ったが、しかし桐也はゆっくりと首を振る。

「――その言葉は、今の俺には刺激が強すぎる」

「へ？　ど、どういうことでしょうか……」

「ったく、おまえは……この一週間、俺はおまえに触れるのをほとんど我慢していたんだぞ。それなのに、そんな言葉で煽って――責任は取ってくれるんだろうな？」

そう言って、桐也はうなじにやさしくキスをした。

「ひゃっ！　す、すみません……私、そんなつもりでは……」

「わかっている。おまえはいつだって、自覚なく俺をその気にさせてしまうんだからな」

首筋から唇を離した桐也が、耳元でそっと囁く。

菫はこれから、今度やる桐也の誕生日会のことを相談しようと思っていたのだが、どうやら今は、そんな場合ではないようだ。

最終章　本当の家族

「それでは兄貴の……じゃなかった。獅月組（しづきぐみ）若頭・日鷹桐也（ひだかとうや）の誕生日を祝しまして……カンパ～イ！」

　いつもより緊張したマサの乾杯の音頭が終わると、広間を揺るがす男たちの太い声が響き渡った。

「誕生日おめでとうございやす！　兄貴！」

「このめでたい日を迎えられて万感の思いです！」

　シンとゴウもうれしそうに、祝杯を掲げる。ほかの組員たちも、それぞれ好きな酒を手に祝いの言葉を口にしたが、その様子はいつもよりおとなしく、やはりかなりの緊張をしているように見えた。

　しかしそれも当然だ。なんせ今日の主役である桐也の横には、組長の獅月哲朗（てつろう）の姿があるのだから。

「誕生日おめでとうなぁ、桐也」

紋付袴(はかま)を着た哲朗が、そう言って酌をする。今日はネクタイをしっかりと締めている桐也が、恐縮した様子で盃(さかずき)を両手で持った。

「ありがとうございます」

「いいってことよ。俺は菫(すみれ)さんと同じコレだからな」

哲朗は対面に座る菫に向かって、オレンジジュースを掲げた。着物のたもとに気を付けながら、菫も両手でグラスを持ち、乾杯の真似(まね)をする。

するとシンとゴウ、そしてマサが、こちらにやって来るのが見えた。

「組長！ ご苦労さんですっ！ 失礼いたします！」

と、哲朗に頭を下げてから、桐也のそばに座る。

「ささ、兄貴どうぞ！」

「どんどん飲んでくださいね！」

シンとゴウがそう言って、次々に酒を注いだ。

「これ、気持ちは酒なんでっ！」

マサはそう言って、菫と同じオレンジジュースを飲み干した。酒を飲んだらすぐに寝てしまうマサであるが、哲朗の前で失態を晒(さら)すわけにはいかず、さすがに今日は遠慮をしたのだろう。

「気持ちは酒ってどういう意味だよ」

そう言いながらも、桐也はうれしそうに部下から注がれた酒を飲み干した。

そしてその光景を眺めている、もうひとりのうれしそうな人物が。菫が作った料理をゆっくりと摘みながら、哲朗が言った。

「雪臣から聞いたぜ。大活躍だったらしいじゃねえか」

「えっ！」

シンが驚いて声を上げる。

「そ、そそそれは、俺たちのことっすか!?」

「ハハッ、おめーら以外に誰がいんだよ」

「だ、だだだって、まさか、組長に褒められるとは思わなくて」

「あ、ありがとうございます！　組長！」

シンとゴウは感激で顔を真っ赤にして、目を潤ませている。マサは事態が呑み込めていないようで「はわわ……」と目を白黒させていた。

哲朗からお褒めの言葉をもらったシンたちを、組員たちがうらやましそうに見ているのがわかる。その視線に気づいたように、哲朗が言った。

「おまえらも精進しろよ」

「はいっ！」

と、威勢のいい声が広間に響く。

よく観察してみれば、組員たちは酒や料理に舌鼓を打ちながらも、哲朗と桐也の会話を気にしているようであった。

それはまるで、彼が話す僅かな言葉も聞き逃すまいとしているようで、菫はあらためて、獅月哲朗という存在の偉大さを感じる。

何よりも、哲朗と話す桐也のうれしそうな表情を見て、やはりこの機会を作ってよかったと、菫はグラスを傾けた。

桐也の誕生日を、何か特別な形で祝いたいと、ずっと考えていた。

それで思いついたのが、誕生日を哲朗と共に祝うということだ。

桐也が父と慕う哲朗と過ごせる時間は見舞いのときに限られている。そうなるとどうしても、その僅かな時間は仕事の話をするだけになってしまうことが常だ。

（もっとゆっくり、親子の時間を過ごして欲しい……）

そう思って、このことを思いついたのであるが、それが簡単ではないということもわかっていた。

哲朗は病床の身であり、病院で祝いごとをするのは負担になってしまうかもしれない。

それにそもそも菫は、そんなことを頼めるような立場ではなく、それで悩んだ末、雪臣に相談をしてみたのだ。

『へえ、そいつはいい案じゃねえか』

出過ぎた真似を叱責されることも覚悟していた菫だが、雪臣は意外にもすぐに賛成をしてくれた。そして偶然にも、哲朗の一時帰宅が許されるタイミングと重なり、それならばとこの誕生日会を主催したというわけである。

いつもよりも顔を赤くしている夫の姿をうれしい気持ちで眺めていると、哲朗がこちらを見た。

「菫さんも、こっちに来なさい」

ふいに呼ばれて、菫は驚きながらも「はい」と桐也の横に正座をする。

「これは、菫さんのお手製かい？」

すでに半分ほど食べ終えた煮魚に箸を入れながら、哲朗が尋ねた。

「はい。『うおはる』のケンさんから、いいメバルが入ったとすすめられて、煮つけにしてみました」

「ケン坊か、しばらく会ってねえな。あいつも昔はヤンチャしてたんだがな。『暴走カジキ』のケンなんて呼ばれてたよ」

そう言って、哲朗が懐かしそうに笑う。

「矢野のジジイは元気か？」

「はい。やの爺さんも、元気に野菜を売っていますよ」

商店街の顔ぶれを思い出して、菫もつい笑みを漏らす。すると哲朗が、そんな菫をじっと見つめていることに気が付いた。

「あ、あの、どうかされましたか？」

何か失礼なことを言ってしまったのだろうかと、少し焦って訊く。しかし哲朗は、ふっとその唇を引き上げた。

「しっかりやってくれているな」

「……？」

なんのことを言っているかわからず、菫は首を傾げる。

「俺たち極道の人間は、決して堅気さんに迷惑かけちゃいけねえ。これからも頼むよ、菫さん」

そう言われて、菫は桐也から聞いた哲朗の口癖を思い出す。

——極道はこの街の夜を仕切らせてもらっている。だからお天道様が昇ったら、今度は昼の街に感謝しなければならねえ。

その言葉どおり、哲朗はいつも地域住民のことを気にかけて、夏祭りを主催したり、街の支援をしたりしていた。そして桐也も、それを獅月組の方針として愚直に護(まも)っている。

そんな考えを大切にする哲朗から、商店街との関わりを褒められたのだとわかった菫は、胸を熱くする。

「はい、こちらこそよろしくお願いいたします」

顔を真っ赤にしてそう言うと、哲朗も満足そうに笑った。ひっそりと会話を聞いていた桐也も、うれしそうにこちらを見ている。

「菫さん、今日はこの場に呼んでくれて、本当にありがとうなぁ。久しぶりに、家族の元へ帰ってきたような気分だよ」

「家族……」

菫は哲朗の言っていた「本当の家族」という言葉を、また思い出す。

すると酔った組員たちの大きな笑い声が聞こえて、あたりをぐるりと見回した。

シンやゴウ、そしてマサをはじめとする組員たちの、誰もが笑っている。そして今日の主役であり、彼らから兄貴と慕われる桐也は、目を細めてその光景を眺めていた。

（もしかしたら家族って「帰ってくる場所」なのかもしれない――）

そのくつろいだ笑顔を見て、菫はハッと気が付く。

思い出したのは、あたたかい桐也のぬくもりだ。その腕に抱かれたとき、菫はまるで、あるべきところに帰ってきたかのような安心感に包まれる。

そして、桐也が言っていた「居場所」というのは、きっとそういうことなのだろう。

家族とは、帰ってくる場所——。

哲朗の真意はわからない。しかし菫は家族として、桐也にとってそういう存在でありたいと、心からそう思った。

そして獅月組も、皆にとってそういう場所になれば、それはどんなに幸せなことだろう。

だから、菫はこう言った。

「いつでもここへ帰ってきてください。お義父さん」

その言葉に、哲朗は大きく目を見開く。

そして、満面の笑みを浮かべてこう言った。

「ああ、必ず帰るよ」

その返事を聞いた桐也も破顔する。

こうして、この時間が永遠に続けばいいと思うほどの幸せな祝宴は、穏やかに幕を閉じたのだった。

お便りはこちらまで

〒一〇二―八一七七
富士見L文庫編集部　気付
美月りん（様）宛
篁　ふみ（様）宛
すずまる（様）宛

この物語はフィクションです。
実在の人物や団体などとは関係ありません。

富士見L文庫

意地悪な母と姉に売られた私。何故か若頭に溺愛されてます 4

美月りん

2024年４月15日　初版発行

発行者　山下直久
発　行　株式会社 KADOKAWA
〒102-8177　東京都千代田区富士見2-13-3
電話　0570-002-301（ナビダイヤル）

印刷所　株式会社暁印刷
製本所　本間製本株式会社
装丁者　西村弘美

定価はカバーに表示してあります。
◇◇◇

本書の無断複製（コピー、スキャン、デジタル化等）並びに無断複製物の譲渡および配信は、著作権法上での例外を除き禁じられています。また、本書を代行業者等の第三者に依頼して複製する行為は、たとえ個人や家庭内での利用であっても一切認められておりません。

●お問い合わせ
https://www.kadokawa.co.jp/（「お問い合わせ」へお進みください）
※内容によっては、お答えできない場合があります。
※サポートは日本国内のみとさせていただきます。
※Japanese text only

ISBN 978-4-04-075376-8 C0193
©Rin Mitsuki 2024　Printed in Japan

侯爵令嬢の嫁入り
～その運命は契約結婚から始まる～

著／七沢ゆきの　イラスト／春野薫久

捨てられた令嬢は、復讐を胸に生きる実業家の、名ばかりの花嫁のはずだった

打ち棄てられた令嬢・雛は、冷酷な実業家・鷹の名ばかりの花嫁に。しかし雛は両親から得た教養と感性で機転をみせ、鷹の事業の助けにもなる。雛の生き方に触れた鷹は、彼女を特別な存在として尊重するようになり……

【シリーズ既刊】1～2巻

富士見L文庫

鬼狩り神社の守り姫

著／やしろ慧　イラスト／白谷ゆう

「いらない子」といわれた私に居場所をくれたのは、
鬼狩りの一族でした。

祖母を亡くした透子の前に、失踪した母の親族が現れる。「鬼狩り」を生業とする彼らは、透子自身が嫌ってきた「力」を歓迎するという。同い年の少年・千尋たちと過ごすうちに、孤独だった透子に変化が訪れ──。

【シリーズ既刊】1～2巻

富士見L文庫

富士見ノベル大賞 原稿募集!!

魅力的な登場人物が活躍する
エンタテインメント小説を**募集中!**
大人が**胸はずむ小説**を、
ジャンル問わずお待ちしています。

大賞 賞金 **100**万円

入選 賞金 **30**万円

佳作 賞金 **10**万円

受賞作は富士見L文庫より刊行予定です。

WEBフォームにて応募受付中

応募資格はプロ・アマ不問。
募集要項・締切など詳細は
下記特設サイトよりご確認ください。
https://lbunko.kadokawa.co.jp/award/

主催 株式会社KADOKAWA